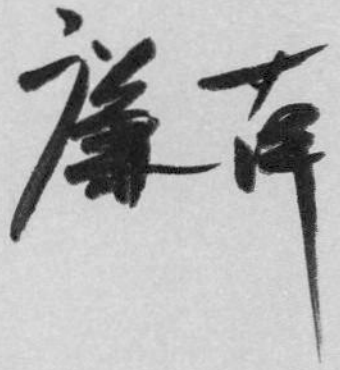

杂花写影

廉萍 著

生活·讀書·新知 三联书店 生活書店出版有限公司

图书在版编目（CIP）数据

杂花写影 / 廉萍著 . -- 北京 : 生活书店出版有限公司 , 2024. 11. -- ISBN 978-7-80768-490-9

Ⅰ . I267.1

中国国家版本馆 CIP 数据核字第 2024PJ7677 号

责任编辑　张　健
特邀编辑　王历炫
装帧设计　@muchun_ 木春
责任印制　孙　明
出版发行　生活書店出版有限公司
（北京市东城区美术馆东街 22 号）
邮　　编　100010
制　　作　北京金舵手世纪图文设计有限公司
印　　刷　天津睿和印艺科技有限公司
版　　次　2025 年 4 月北京第 1 版
2025 年 4 月北京第 1 次印刷
开　　本　830 毫米 ×1092 毫米　1/32　印张 9
印　　数　0,001—4,000
字　　数　164 千字
定　　价　59.00 元
（印装查询：010-64052066；邮购查询：010-84010542）

我想让你看我来时路上
那一树一树的花开

1*

有一个人，当她还是孩子的时候，住在一个大院子里，院子里有很多树，树上有很多鸟，虫子，果子，叶子，花……树的上面是云和天。太阳是亮的。每个白天都是在这些树下吃，玩，跑来跑去。家里的人，狗，猫，客人，也都在这些树下走来走去。

有一天，有人说，你要长大，将来要有出息，就把她送到了学校。在学校里，她很努力，成绩很好，所以，小学毕业上了初中，初中毕业上了高中，高中毕业考了大学，然后一路读到博士。博士毕业留在大城市里工作。二十多年就这么过去了，孩提时候的那个院子，那些大树，早就不知哪里去了。

她的工作是出版。她知道这份工作的流程：先砍倒一些大树，锯开，树汁浓烈的味道弥散在林间，晒干后仍不消散。把大树送到工厂，变成纸。把纸裁成一样大小的一摞摞，把别人想说的话印在上面。如果有人想看这些话，这本书就会被卖出去，变成钱。钱里面的一小部分，

---

* 二〇一三年春天开始，拉拉杂杂写了一些私人化的东西，发在新浪微博上。当时没有合适的标题，就统一用“杂花生树”编号，取其“杂”，写草木，忆流年。整理出版时改为今名。《苍虬阁诗集》有“杂花写影石栏西”句，情致摇曳，清新可喜。

变成她的报酬。这份报酬，就是她那么多年努力读书和工作的市场价格。

这都不重要。重要的是，她还想做一本自己喜欢的书。这本书里，每一页都画上大树，大树上有鸟，有虫子，有果子、叶子、花，有原来认识的那些人在树下走来走去，有狗卧着，有猫在伸懒腰，舔爪子。

是的。为了有出息，她按照别人说的，离开了自己的院子和大树。努力很多年，如今每天，就是去砍倒别人的树，在树做成的纸上，印些不知什么东西。能想到的最好结尾，就是有一天，坐在光秃秃的世界上，一页页翻看，书上的大树，和树下的故事。

这就是一个人一生的努力。

二〇一三年三月三十一日

2

小时候，床边的墙上常糊着旧报纸。当时斗大的字已经认识几个，比如黑标题里的“美国”“中国”。心想“美国”这个国家不好，不谦虚，怎么能自己说自己“美”

呢？“中国”就很好，正中间，不会再有比这个更好听、更合适的名字了。我在中国。这样一想，就觉得世界安稳，人间平和，踏踏实实睡着了。

晚上，大人们常聚来聊天。姥姥是东北人，会盘腿坐在床上。有一次，家人邻居围一起，说的就是东北的事儿。说天上掉下来许多星星。每个人的表情都神秘，严肃，好奇，叹息。这个不常见，所以给我留下很深的印象。我躺在最里面的床角，半睡半听。想象里，有许多透明的冰糖一样的方块从天上洒落下来。有的大，有的小。有一块最大的，四四方方，里面关着一个黑衣服飞行员，好像睡着了，一动不动。

初中学地理，曾学到这样一条知识：一九七六年三月八日，吉林地区降下罕见陨石雨，其中最大一块陨石重1770公斤，世界最大。

这两年经常带孩子去北京天文馆。天文馆的院子里，有一块南丹陨石，说明牌上写着680公斤，是明朝就从天上掉下来，一九五八年才发现的。摸上去又凉又硬。块头那么大，衬得馆内其他小陨石毫不起眼。据说其中有一小块来自吉林，看一眼就过去了。

某天，正走在路上，我忽然意识到，上面这三件不同时空的事情，其实说的都是同一件。只是每次出现的面目不一样。我停下，为自己的后知后觉愣了一会儿。然后接着走路，该干吗干吗。

二〇一三年四月一日

3

我从小跟姥爷姥姥长大。六岁那年，姥姥去世。所以几乎不记得姥姥是什么样子了。

家里有一张姥姥的照片，放大了摆在条几上，是遗像。我却一直觉得那不是，不像，姥姥不是这个样子的，太严肃，姥姥是笑的。

有一天，我在外面跟小孩子玩，晴晴的天忽然下了大雨，小孩子们一哄而散，我也赶紧往家跑。跑到家里，却发现屋门紧闭。这是从来没有过的。每次出门回来，堂屋门总是大开着，姥姥总是在家里等着。我双手捂头，淋在雨里，茫然四望。忽然看见，姥姥坐在院子里刚搭的防震棚里，正笑眯眯地，看着我的狼狈样子，招呼我过去。

就应该是这个样子：大雨点打着地面的水汪，溅起一个个水泡，旋起旋灭，姥姥坐在防震棚门口，笑眯眯地招呼，我踩着水汪跑过去。

更多的时间，她都是坐在正屋西里间床上，因为身体不好。她把中药里的山楂片一片片挑出来，给我当零食；有时候吃药之前，让我舔一下西药的糖衣。小时候零食太少了。

二〇一三年四月一日

4

十岁以前，我跟着姥爷姥姥，住在一个大院子里。一进院门，是一棵木槿树，碗口来粗，歪脖子。印象里，这棵木槿好像一直都在开花。不过这不可能，因为鲁南的冬天也很长。也许因为冬天我基本不出屋门，反正开花的时候，我几乎每天都在树下，或者树上。可是我并不怎么喜欢它。花朵那么大，随随便便就开了，又随随便便落了。还开得满树都是。自己都不重视，别人自然也不爱惜。再说每天爬上爬下，近则不逊。落了的样子也不好看，紫了吧唧黏黏糊糊，都不爱碰，踩到了，要去沙子里搓半天鞋底。花开的样子也不好看，花瓣又大又薄，一碰就坏。小时候用的作业本分两种，一种五分钱一本，纸张光亮挺括；一种两分钱一本，纸软趴趴的。木槿的花瓣就像两分钱的。开的时候，大敞四开，花蕊都亮在外面，一点不害羞。所以这种花都是伸手摘下来，坐在树上，往人头上扔，或者砸水缸，砸蚂蚁，砸马蜂，砸蜘蛛网，砸枣树，砸石榴树。或者摘下来几朵，堆在一起，用石头砸。砸得花汁四溅，弄一手，再去洗。溅到衣服上就洗不掉了，会被大人说一顿。也就是说说，并不禁止。

后来就离开家，读书去了。第一次在书上读到“有女同车，颜如舜华”的时候，真是呆了一下，因为看注释说“舜华”就是木槿。这种花，如果用来形容女孩子，印象里也只能是那种疯疯张张、没心没肺的傻大姐，怎么就《诗经》还“舜华”了？后来又看到，说它朝开暮落，朝荣夕悴，一下子就注入了人生无常的感觉。好像一个认识了很久的普通人，突然就文艺了，或者发达了。心生敬意，却又不太适应。

北京街头有很多木槿。每次看见，都想抬手，抬抬又放下来。站着看一会儿，就走了。感觉的确和以前不太一样：大都是灌木，没有那么粗，也没有歪脖子可以让人爬上去。

二〇一三年四月一日

5

木槿花开得太随便，樱桃花却很小心。不知什么时候就开过了，等想起来去看，往往已经只剩下毛糙糙的花托，里面缀一粒粒小小的青果。

我见过的最好看的樱桃花不是在树上，是在瓶子里。小时候院子里有两棵樱桃树，经常有很多淘孩子，趁人不备，翻墙进来，摘花折枝。我恰巧看见了。平时在外面，手里的东西被人抢了，或者被人欺负了，通常都是臊眉耷拉眼自己回家，并不敢还手。这次因为是在自己地盘上，就很勇敢地追上去厮打。孩子们扔下断枝跑掉了。其实这个断枝我也不要，自己平时也折很多，折下来，玩一会儿就扔了。这次的断枝，不同之处在于，是我跟别人打了一架保护下来的，姥姥就把它捡起来，插在一个酒瓶里，盛上水，放在窗台上。然后我就把这事忘了。因为被接到父母身边去住了几天。

再被接回来的时候，一进小院，就看见瓶子里那枝樱桃朵朵怒放，在阳光下，每一个花瓣都白到透明。

到现在还印象深刻，除了因为这个场景很漂亮，还因为我经手养过的所有东西，比如移栽的小桃树，点种的向日葵，压条的夹竹桃，都没有活过这么长时间。总是到了我手里，不超过半天，就蔫掉了。因为我每隔几分钟就要摆弄一下。这次离开一个多星期，没人打扰，居然就长得很好。如果我在家，肯定早就从瓶子里抽出来不知多少次。

姥姥那时候一直叫我“你个败坏头”。

二〇一三年四月一日

6

姥爷在银行上班，没事常带我去银行。银行的院子里，有一棵花树，树旁有一个防震棚。棚里经常有一个人，拉一把二胡，吱吱呀呀响。我没事就去看一会儿。没见过，很新鲜。有时候棚里没人，也伸头去看看，那把二胡都在。

有一天，这把二胡坏了，丝弦不知被谁用小刀齐齐割断。刀口很整齐，翘翘着。二胡的主人很生气，来找我。看所有人的表情，都认为是我干的。因为院子里只有我一个孩子，我有一把小刀，我看过二胡。只有我自己知道，不是，真不是。我没干。我小声说：“不是我。”但没人相信。

小时候玩具少，经常捡一小片红陶，放在砖头上磨，先两面磨平，再四周磨圆，然后用钉子在中间打个孔，把绳子穿在孔里，拎着绳头甩几圈，再绷紧，陶片就飞快地旋转起来。院子东南角的核桃树下，有个废弃的大石磨盘，我经常在磨盘上干这个活儿。有一天，一群院外的孩子呼啸而来，围着磨盘玩了半天。临走，一个孩子拿了我的陶片。我说："这是我的。"那个孩子笑嘻嘻地说："我的。"另一个孩子也帮腔："就是他的。"自己做的东西自己当然认得，厚薄，大小，缺口，都可以数出来，可除了说"我的"，什么办法也没有。而且突然意识到这两个字如此苍白无力，终于让我连"我的"也说不出来，眼睁睁看着他拿走了。

有时候想，这两件事，如果再次发生在现在的我身上，我依然无法自证。

二〇一三年四月七日

7

姥姥一直生病，从我记事起，就多半时间坐在床上。

但去住院，仍是家里一件大事。

因为那一天，我半夜就被叫醒。忙忙乱乱穿好衣服，拥着车子，跟大家一起出门。走到学校门口，我就被留下了。

天还是黑的，学校关着门。只好坐在门前的小石桥上等。有点害怕。学校挨着废品收购站。有一次，不知谁家生了一只小羊，三只眼，不敢养，送到收购站。收购站不要，放在窗台上。很多人跑去看，我也跟着。虽然并没看清楚，但小羊脑门上那只眼，半开半闭的样子，很长时间都在眼前晃。现在，很怕那只小羊从窗台上，抖抖身子站起，跳下窗台，一步步走过来。也知道小羊早就不在了，还是怕。只好手脚都缩紧，自己抱着自己，一动不动坐着。等了好久，才有第一拨学生来。

下午，没到放学时间，就被接出来，带到医院。医院是几排平房。其中一个门里，我看见姥姥躺着。身体突然一动，有人说："快拿氧气！"有一个人飞快跑出去。我也跟着跑到门口，想看看氧气袋是什么样子。因为从没见过。但没看到，因为很快来人把我带走，送回家。

那一天后来的事情，就不记得了。

二〇一三年四月七日

8

生孩子以后，我妈来照顾，开始给我讲一点儿生我时候的事情。以前总是说，小孩子懂个什么。原来我是难产，折腾了我妈好几天，正赶上一年里最冷的时候，产房里连个小火炉都没有。我妈说："受的那个罪啊！"我真心觉得抱歉，可爱莫能助，好在都过去了。更好在，我妈不是武姜，我也不是郑庄公，"寤生"这件事情并没影响娘儿俩的感情。

当然一个重要原因可能是，我妈生了我以后，就成了功臣。除了喂奶，其他事情一概不须经手，因为姥姥说："这个孩子我们包了。"还说："不管你们以后生几个，我们只疼这一个。"所以我下面的弟弟妹妹，我妈只好亲力亲为。以前听我妈讲过自己的少女时代，我觉得简直就是游手好闲无所事事，每天除了到处逛街就是买吃的，学大概也没上好，刚毕业就结婚，刚结婚就生孩子。当然生孩子后她就乖了，很多年里都是每天在家洗衣服、做饭、带孩子。不算我，下面还有五个。

大概我出生不久，就被抱到姥姥屋里了。据说是怕我妈睡觉沉，不小心压死我。乐乐出生后，婆婆也曾这样整夜盯过我。看来"不靠谱"是会遗传的，我喂奶的时候都能睡着。我妈说，有一天，姥爷下班回来，进门后收拾炉子，放火钩的时候，当啷一声。姥姥就不干了，跟姥爷吵了一架，认为吓着我了。后来火钩、火铲、火筷子都缠上了破布条。听我妈说，姥姥反应过度，是因为我妈小时候被吓到过。她像我这么大的时候，正在里屋睡觉，外屋墙上靠着的一排枪，忽然哗啦一声全倒了，我妈受到惊吓，很长时间里睡不安稳，夜啼。后来就把枪都转移到别处了。

我妈说，有一天，姥爷也是下班回家，要收拾炉灰，不提防炉灰里埋着我的屉屉，抓了一手。说到这里，我妈很开心地笑了。我也笑，开心极了，好像自己当时在场一样。虽然自己当时的确在场。

二〇一三年四月九日

9

房文，据说是个疯子，但我没看出来。只记得他个子高，胡子、头发都很长，脏且乱，穿一件破大衣。像个要饭的，但不是要饭的。他会大清早站在院子门口，一言不发。姥爷有时给他一个瓶子，一毛钱。他很快就把东西买回来。那时酱油好像八分钱一斤，醋七分，剩下的零钱就归他了。家里的这种零活儿差不多都是他的。他也像家里的一个人，就是不在家里住。我不知道他住在哪儿。等我长到差不多五六岁，就瞧破了这里面的机关，主动要求去打酱油。剩下的两分钱，可以买一大把糖豆。还包揽了买烟的活儿，一包“普滕”一毛四，运气好可以剩六分钱，买一大把糖块。房文少了这两份差事，好像有点不高兴，来得少了。不过那时候，谁又能争得过我呢？

上学后，学校操场一角有个破房子，门窗都没有。我和几个胆大的孩子跑过去看。里面没人，没有床，地上铺着麦草。一件破大衣挂在墙上。我认识那件大衣，才知道原来房文住在这里。地上还有几块砖头，支着一口锅，锅里几块煮红薯。我们每人拿一块，吃完，就赶紧跑出来了。因为有人说，他看见了会骂人。

后来，就没听到他的消息了。这么多年，好像也从没人跟我再提到过他。没听说过他有父母，兄弟，家，也不知他还有其他什么经历。房文，究竟只是他的名还是连姓带名，我也不太清楚。只是无端觉得，如果写下来，确定无疑就应该是这两个字。所以，读大学后，当有一次看书，看到房龙《人类的故事》时，我盯着作者的名字看了很久，觉得自己像是无意间找到了房文失散多年的兄弟，亲兄弟。

二〇一三年四月九日

10

我小时候掌握的专业技能不少，其中一项是缝毽子。实在是因为所需材料不多，工艺也不复杂，做好底托，插上鸡毛，就行了。底托里的硬片，早先都是用制钱，常见的是写着“康熙通宝”“乾隆通宝”的，偶尔也有“道光通宝”什么的，但不常见。制钱，谁家里都会有一些，随便在窗台或者墙角放着，已经没用了。后来嫌这种制钱太土，改用垫片，也叫垫钱。垫钱一般都是钢的，或者镀铬，表面光亮，新的还会闪着幽幽的蓝光，看上去非常高级。家里有人在工厂上班，才能得到这种高级货，不是什么人都能有的。制钱用一个稍轻，两个稍沉，垫钱一个就正好。用花布头把垫钱包起来，沿着内外边缘各缝一圈针脚，剪掉多余的布，就可以装翎管了。

翎管也有讲究，小孩子踢一般用公鸡翎，大人踢用鸭翎，鹅翎太粗，做好了很难踢起来，也费鸡毛，只能摆着好看。把翎管剪一段下来，底端剪成十字四瓣，用针线固定在钱眼位置上，底托就做好了。

鸡毛的讲究更多。首先要用活鸡毛。死鸡的毛不活泛，无光泽，插上软趴趴的不好看，踢的时候也没有跳跃感。活鸡毛就抖擞生动得多。所以想做一只满意的毽子，经常要在院子里撵得鸡飞狗跳，好容易捉住一只鸡，整个身子压上去，再仔细从后尾羽部分挑选肥厚丰满、闪动着金属光泽的好毛。脖子上的毛不能用，松松垮垮的，一看就是次等货。最好的情形是，四根鸡毛颜色、大小一致。次一等的情形是，颜色不同，但大小一致、来源部位一致。最坏的情形，就是有什么用什么，不讲究了。鸡们自然不配合，拼命扑腾、尖叫，这时候大人就会出来干涉。远远站着喝止，等我把鸡毛拔好了，就过来把我拎走。

有一阵子，家里连续摆酒席，宴宾客，人来人往，差不多天天杀鸡，每次杀鸡之前，我都有特权，先在一边看着，等人家把鸡捉到，抓好，我从从容容地，一根一根，把鸡身上所有能用的毛，全都拔下来。连脖子上的毛也不放过。因为别的小孩子没有，可以拿去跟他们换旧工分，玻璃片，糖纸，或者烟盒。手里鸡毛最多的时候，几本书都夹不下，一动就往外掉。跟别的小孩子换东西，也不再讨价还价，给就换。真是富甲一方的感觉。

这样的大场面，也就只有这一次。记得是给姥姥出殡，然后趁着热孝，给舅舅成了亲。舅舅已经提妥婚事，如果不马上办，只能等三年孝满，大家都说，不合适。

是，我拥有很多鸡毛的时候，就是姥姥去世的时候。当时什么也不明白，只是专心致志拔鸡毛。要很多年以后才知道，在那之后，那种日子，那种满足，再也没有过了。都跟着姥姥走了。

二〇一三年四月十日

11

对我来说，奶奶更像个陌生人。记得有一次，她来姥姥家看我，用一根筷子插在制钱眼里，做了一个小纺锤，手里拿一朵棉花，拈出一缕，缠在筷子上，飞速转动筷子，一根长线就从棉花团里源源不断抽了出来，好像原本就在棉花里藏着一样。我仔细摊开棉花看过，没有。自己也学着纺，根本不行，粗细不匀，还总是断。奶奶走后，这个简易纺锤就一直被扔在窗台上，落了土，没人会用。也没人用这种线。奶奶还给我带了山花布的衣服，蓝粗布上印着好多小白花。一直穿着挺好，有一次出门被人笑，就不肯穿了。

奶奶和她的家庭，大部分时间都是存在于我妈的抱怨中。比如，这种山花布，我妈说："当尿布都硌得慌。"我小时候皮肤不好，爱起风疹，我妈就说："都怪你爸，你五个月时候刚种完痘，他非要带你回老家，见风早了。"

比如，我弟弟出生以前，奶奶一直主张我爸退休后，让别人接班，这让我妈衔恨在心。奶奶提前二十多年就策划这件事情，我真想不明白是为什么，除了惹我妈发飙、我爸受罪，还能有什么正面效果。

我爸很矛盾，一方面遗憾我不是儿子，一方面又很喜欢带我回老家。回到老家就满山遍野亲朋好友家乱走。我爷爷的爷爷有四个儿子，每个儿子又都生了若干儿子，若干儿子又生了更多，在儿子就是生产力的年代，应该算是豪门了。山东土匪多，为了看家护院，祖宗修过一座炮楼，代代相传。我爸专程带我爬上去看。站在黑洞洞的窗口，指点一番后，忽然压低声音说："那时候咱们家有枪。"这个院子已经很多年不住人，荒草遍地，门窗倾斜，连一只羊都没有，不知道他是怕谁听见。爸爸还带我看家门口"光荣军属"的牌子，那是他参军走的时候政府给挂的。还有几间房子，是他参军时候，政府给盖的。前两年，老家分家，我爸特意打电话来告诉我，那几间房子，分给我们了。我说："如果你能把它搬到北京来，我就要。"

一天早起，我帮奶奶梳头。房门口两棵月季，都一人多高，花如碗大，太阳一晒，浓香四溢，让人昏昏欲睡。我爸忽然张罗照相，要拍我在花下给奶奶梳头，并且显然已经做好了大发感慨的准备。我断然拒绝。

看别人抒情，尤其是比较亲近的人，多少会有些尴尬。仿佛看见不该看的东西。不过人到中年容易泛滥，现在，我已经知道了。*

二〇一三年四月十一日

12

姥姥家院子很大，有平常人家的两倍。当时人口并不多，一个院子就够，所以前院辟成菜圃，种了很多果树，花树，杂树。其中有两棵樱桃树。奶奶家樱桃树很多，姥姥家一带却很少，我已经记不清楚，这是不是奶奶家对姥姥家敦睦邦交的信物。反正，据说，这是方圆几里仅有的两棵。

平时，大家是想不大起来这两棵树的。冬天的时候，光秃秃的，跟其他树没什么两样，没人会专门去看它；发芽的时候，没人看；长叶子的时候，没人看；甚至开花的时候，眼珠一错也就过去了。但等到结果的时候，果子红的时候，大家都想起它来了。首先我天天跑去，看红了多

---

* 这个“杂花”系列，就是控制不住、情感泛滥的结果。我尽量控制。

少；然后院外的孩子来了，眼尖腿快的摘几粒就跑；天上的鸟也来了，站在高枝上，悠然自得地挑挑拣拣。其中最坏的是喜鹊，当地管它叫“山喳子”，因为有事没事就大嗓门叽叽喳喳叫几声，不管别人是在睡觉还是吃饭还是聊天，想起来就叫一阵子，吵死了。

它们这时候登门，自然不是报喜，是为了当小偷来的。仗着自己个头大，吃光了树梢的，就往矮处推进。出嘴极快，小脑袋乱啄几下，一颗珠圆玉润的红樱桃，就只剩下了一粒小小的白籽，高高举着，像一面小白旗。它们起床很早，经常天一亮就来，成群结队，在树上边吃边聊。等人听见动静赶过去，呼啦一声，大半都飞走了，留下半树星星点点小白旗。几只胆大的，傲然兀立，蹦蹦跳跳，继续吃，对树下的长竿和吆喝，视而不见，充耳不闻。弹弓效果应该比较好，可惜我用不好，没准头，总是打到自己都找不到的地方。

早熟的樱桃，一般是收不到的。只有等大拨都熟了，孩子们摘不尽、鸟也吃不净的时候，才轮到大人们收获。一大早起床，戴上草帽，拿着篮子和长竿，跟打狼一样。鸟儿们被吓走，很愤怒，但并不飞远，落在附近几棵树上，叽叽喳喳商量什么。开摘以后，鸟儿看明白了，就飞过来阻止，最后抢几口：或者当头拉一泡粪，所以一定要戴草帽；或者扑下来啄人，这时要用竿子。我因为是爬在树上，自告奋勇去摘高处的零星樱桃，跟它们简直就是近身肉搏，冷不丁就会被拧一口。有没有搞错，这是谁家的树啊！

采下的樱桃不好放，连吃带送，不过一两天就没了。这一年的樱桃就算过去了。慢慢大家就忘了这树，直到明年。其间，偶尔会飞来一两只喜鹊，看看空空的绿叶繁枝，叫两声，又飞走了。它大概也忘了这里曾有过的争夺与盛宴。

宋代杨万里，一辈子都在写诗，无事不可入诗，据说写了两万多首，留下来几千首，但谁有工夫读那么多呢？碰一首看一首就是了。这两天，查暮春诗，忽然看到这样几句："花时追赏夜将朝，花过痴眠日尽高。又与山禽争口腹，执竿挟弹守樱桃。"当时闷住，满心里只剩下三个字：你，你，你。

——这种题材，你老先生也好意思跟我抢啊！

二〇一三年四月十五日

13

正月十六，是出嫁闺女走娘家的日子。这一天，大路上经常会看见有人拉着地排车，车上坐着新媳妇，怀里抱着小娃娃，郑重庄严地在路上走。讲究一点的，车上有临时用崭新红线毯搭成的车篷，很喜庆，女人和婴儿安安稳稳坐在里面。车把上插着桃木枝，桃木枝上挂着大枣、栗子、染红的花生等，随着车子的行进，轻轻摇晃着。

我小时候很羡慕这种车，也很想坐。但每次舅舅来接我和我妈，都是一辆地排车，素面朝天就来了，最多里面放个棉垫，没有那些滴喽八挂好玩的东西。也许因为当时我六七岁，妹妹也有两个，妈妈已经不够“新”了吧。

来接的一定要是舅舅。所以如果哪家没男孩，邻居们就会感慨：“以后连个背包袱的都没有。”我弟弟出生的时候，大家就说：“背包袱的来了。”因为大部分人家穷，接送闺女没车，弟弟只好步行，来回路上帮姐姐们背大包小包什么的。好在那时候女儿们都嫁得不太远，弟弟们不会太辛苦。

我妈说，回娘家的日子不止正月十六。女儿出嫁后，除了初一、十五、阎王忌不行，其他二月二、三月三、端午、中秋、重阳、冬至、腊八、过年，各大节的节前节后，庙会赶集，都是“法定”回娘家日，差不多每月有一次。这是规矩。当然我妈也说：哪有这么多规矩，还不是怕闺女在人家里受气，没事就接回来。所以新媳妇回娘家是最勤的，生活定形后，慢慢就疏了。但每年正月十六，是一定要回的。那一天，没人冒冒失失走亲戚串门子，满世界都忙着接闺女，大街上都是接外甥的车。——可我从没在那天回去过。结婚以后，到了那天，总是早晨，弟弟给我打个电话，象征性邀请，我再给父母打个电话，就算回过了。

小时候，我跟妈妈回娘家的机会并不多，因为一直就养在姥姥家，偶尔才跟父母小住。只记得有一次，舅舅送我们回去。快到黄昏了，车子走在小路上。天高野旷，四望无人。路两边是小河沟，河畔青草，有时候横伸到路中间。我不肯坐车，下来跟着跑，一会儿前，一会儿后。忽然看见路边，草尖儿上，停着一只蜻蜓，红色的。我轻轻走过去，想捏住。蜻蜓飞起，飞飞停停，落到不远处。我追过去，蜻蜓又飞起，不慌不忙，找了个草尖儿，稳稳落下。如是几次。忽然抬头，看见妈妈的车子已经走远。一轮夕阳，又红又大，正停在天边。

整个天边，整个田野，笼在薄暮里，微微颤动着红蜻蜓一样的颜色。像一块透明的大果冻。风吹过。伸向夕阳的青草小路上，一辆车子渐行渐远。

多年以来，这个场景一直驻留在眼前，我想把它写出，可是一直不能。

在已经过去的那些日子里，有很多年，我想写点什么，但什么也写不出。也有很多年，我什么都不想写。

二〇一三年四月十八日

14

清明上坟，印象里小时候只有过一次。因为后来，这个日子大半都是在学校，或者单位。家人从没因为这件事，让我耽误了学习，或者千里迢迢回一趟，从没。我也从没要求过，好像上坟，就是父母那一辈人的事情。

上坟前，要先准备祭品。其中最有趣的是纸钱，这个要自己动手做。先去人家借模具：十来厘米长的木柄，一头装着铁箍，铁箍里是钱样子。拿一沓黄表纸，对齐，放平，把模具立好，锤子一敲，纸上就出现了清晰的钱样花纹。然后挨个敲下去，嘭，嘭，嘭，嘭，一张纸从头至尾敲满，一沓纸钱就做好了。如果最底下一张不清楚，要抽出来，放在新沓上，重新敲。仿佛印得不清楚的钱，在阴间也不容易花出去。我最喜欢干这个，先是抢锤子，但毕竟力气小，底下好几张都不清楚，要返工。大人不耐烦，我就退而求其次，要求帮着扶模具，这个只需留心手不被敲到就可以。大人的劲儿果然大，每敲一下，手心都麻一下。

终于，厚厚一沓纸钱做好了，整整齐齐码在窗台下，等着出发。它们和酒瓶、馒头、香烟等，静静靠在一起，笼在清晨的阳光里，安详又富足。像每次预备走亲戚的东西一样。

出门也是郑重欢喜的，好像去做一件大事。大人还没动身，自己已经先跑出去一趟了。等不见人，又折回来，站在门口等。终于都出门。一路上可看的东西也很多，发芽的柳树，出土的小草，早开的荠菜花，赶路的蚂蚁。一会儿跑前，一会儿跑后。落后的时候，就迈大步，踩着大人的脚印走，一会儿踩妈妈的，一会儿踩舅舅的。因为刚换了夹衣，身体和脚步都是轻的。关了一冬天的小孩子，放到春天的田野里，就剩下撒欢了。大人们停下来干了些什么，如今已经都不记得。

几年后的一个春天，也是在田野里。整片的土地都被翻开，平整。几个大人说说笑笑，一个人忽然转过头来，对我说："你姥姥白疼你一会子，什么济也得不到。"又说："知道你姥姥去哪里了吗？"我不说话，她用手里的锄头敲了敲脚下的土地，说："现在住在这下面。"我不说话，感觉这整片土地，一下子都压在了姥姥身上，压在了我心上，重得透不过气来。

我愣了一会儿，开始跑回家。以前我总是跑得很快，跑几步还要跳一下。那一天，怎么也跑不动。只能慢慢跑。

现在想来，那是平生第一次，有人把悲伤，土地一样厚沉的悲伤，不经意间，放到我的心上。

二〇一三年四月二十三日

15

我爸很喜欢讲的一件往事是，我大约五个月大时，他和我妈带我去薛城照相。照完相一起去看电影。电影放的是朝鲜片《卖花姑娘》。前排一个男观众哭得涕泪涟涟。“你不老实，一直用脚踢人家。一会儿踢一下，一会儿踢一下。”我爸说。我那时候比较胖，估计也还算好看，所以那次的照片，据我爸说，在照相馆的橱窗里展览了很长时间。他们几次去，都看到了。

这件事我爸真是津津乐道，不知讲过多少遍。想起来就说一说，想起来就说一说。我是他的第一个孩子，掐指算下，那一年，他二十四岁，我妈二十岁，我五个月。这张照片现在还有，照相的季节应该是初夏，光着小脚丫，顶着小秃瓢，坐在圈椅里，一身清凉打扮，满脸都是好奇。

这件事，我完全不记得。这张照片，也完全看不出我今天的样子。只有我爸讲了，我才知道。但我不知道，他所讲的，跟当时的实际情景，是不是一样；也不知道，我听后揣想的情景，与他想讲的，是不是一样。在我生命之初，应该还发生了很多事情，如果他们没讲，我将是永远都不会知道了。我的来时路上，无数的人和事，就这样茫茫漫灭，不知去向。前面的路上，也是一样无数未知，茫茫无际。很多东西，人，事，花，树，情绪，文字，都将先被时间，再被记忆丢弃，丢弃在不可知的苍苍茫茫里。

乐乐三翻六坐的时候，我妈长途来电指示，一定也要给乐乐拍一张神态类似的照片，并叮嘱，一定要光脚丫。我试了，没拍好，傻小子不配合。而且黑白照片和彩照，感觉太不一样。朋友里有人年年带孩子到中国照相馆或者大北照相馆拍黑白照，一年一张，看着真不错。我当时想，嗐，一个孩子家家的，哪至于那么兴师动众，顺其自然就好，懒得去。现在想补拍，来不及了，乐乐都七岁了。长不回去了。

二〇一三年五月六日

16

姥姥家院子西南角，有口地窖。现在想来，应是一口枯井，后来改造的。我后来见过的地窖，都是地面先挖个坑，上面再搭盖子。而它又深又细，就是一口井，不知为什么没水。壁上两行脚窝，我见过爸爸踩着，两手一撑，噌噌噌就上来了。爸爸也是个容易好奇的人，什么都要下去看一看，摸一摸。真要干活的时候，他就注意拣择了。所以下地窖的任务很快轮到了我。

这大概是我当时承担的唯一任务，又刺激又新鲜。下去之前，要先打开地窖盖子，晾晾气。然后用绳子拦腰拴上，慢慢缒下去。这时候要闭眼缩身，抓紧绳子。摇摇晃晃，脚下忽然一顿，到底了。下面有点黑，等一会儿眼睛才能适应。借着井口的光，我把红薯捡进篮子，等大人拉上去，再把空篮子放下来，拉我上去。这个活儿让我觉得自己很重要。如果不是我，全家人的粥里就没有红薯了。如果不是我，其他人任谁，下这个地窖也不容易，会蹭一身土。

井筒窄，井底却还宽敞，能堆不少东西，红薯，南瓜，土豆，白菜。有一次遇到一只青蛙。我吓一跳，它也吓了一跳。我停下不动，它也不动，过了一会儿，才转身慢慢踱到墙根。

下地窖总是在冬天，衣服穿得厚，磕到井壁上不疼，绳子也不勒。夏天不用下，因为没有红薯。所以，这只青蛙该是躲在那里冬眠。但它并没有“眠”，还醒着，看了我一会儿，才扭头慢吞吞走开。是走，不是跳，每走一步，后腿都蹬得很长。

以后再也没见过这只青蛙。不知它从哪里来，又往哪里去了，也不知它在里面都干了些什么，红薯、土豆、南瓜都没动。好像从来没有一只青蛙在这里住过。

二〇一三年五月七日

17

地窖东边有一棵桃树。我之前从没注意过，直到一天早晨，躺在床上听见姥姥气呼呼地问：“你把桃树砍了？”原来姥爷去前园，不小心被桃枝刷了脸，一生气，回屋拿斧头，把枝枝丫丫全砍了。姥姥说：“这个老败坏头！”我赶紧起床跑出去看，果然看见一截树桩，同时知道，这就是桃树。但它好像被这次变故吓着了，以后一直不肯好好长。我从没看见过它开花，也没看见它结果，只记得这一截树桩。

镇子北面有一大片果园，桃树最多。我最关心的却不是桃花，也不是桃子，而是每年开春，人们随手乱扔的桃核出其不意长出来的小苗。并不多，要用心和运气才能找到。一棵棵树下，地毯一样搜过去，通常是找得快要绝望了，忽然看见一株，隐在杂草土块间，两三片尖长的小绿叶，闪闪发光，好像说："来挖我呀，来挖我呀。"我当然毫不客气就挖走了。白胖的根上，包着两瓣桃核硬壳，盔甲一样。裹一把泥土，很小心地往家跑。我大概往家里倒腾过几十棵小苗，但从来没有养活过，一棵也没有。

整个小时候，可以说，对于真正的桃花，没什么印象。但桃花的形象，实在是乡下太常见的东西。家具上，镜子上，年画上，脸盆上，茶壶上，盘子上，经常能看见桃花的大红，田野的大绿，燕子的油黑，大桥的飞架，电线杆子的笔直，毫不在乎地搭配在一起。这是那个时代的幸福气象。后来读书了，"竹外桃花三两枝""山寺桃花始盛开""桃花依旧笑春风""桃花流水窅然去"，这样的句子和图画，也经常可以碰到。有一幅宋徽宗的《桃鸠图》，我很喜欢，曾经选来做桌面，手懒忘了换，一看就是大半年。所以，在文化知识层面上，我很深刻地知道，桃花就是春天的符号，没有桃花的春天，不完整。

一年一度春风，却是最容易过去的。年少匆匆，桃红柳绿，通常都是行路途中一闪而过的一抹色，从没走近看过。其实看了也无心得，那时候总觉得，煞有介事赏花，跟站在大海边“啊”一声一样，并非神经正常状态下的人能做得出来的。不是为赋新词，就是有病，心智不成熟。如今人到中年，腿脚趋缓，心事趋静，能坐得住了，有事没事，随便一棵树下，都可以站个半天。

前两天进山，恰好桃花正盛，就走近了仔细看。初一端详，不由吃一惊，就和林妹妹第一眼看见宝玉的感觉一样：何等眼熟至此！

忽然就想起以前书上、画上见过的种种桃花来，红萼，粉瓣，细蕊，长苞……半开，盛开，叶剑如簇，花靥如笑——眼前这棵树，居然全都长对了！

二〇一三年五月七日

18

地窖的西边，是棵黑枣树。树干很直，叶子很高，爬不上也摘不到，高远淡漠，好像跟整个世界都没关系，所以我也看不见它。直到有一天，树上突然挂满了果子，绿色小灯笼一样，在叶子里闪闪烁烁。我天天跑到树下，仰着头看，一天好几回。叶子越来越少，小灯笼慢慢由青变黄，变紫。青的、黄的都不能吃，我捡过地上落的，尝了，涩，舌头上像洒了一把粗沙子，半天合不上嘴。姥姥说要变黑了晒干了才能吃。我天天在树下等着。日子从来没有这么慢过。

有一天又去看，赫然发现，树上空空的，一颗也没剩下。我飞跑去告诉姥姥。姥姥一点也不吃惊，说："我让大民家摘了。"又说："小孩子不能吃这个。容易压住食。"当时不太明白"压食"是什么，现在想来，应该就是"积食"，很多东西不让吃或不让多吃，比如柿子、栗子、红薯、枣、梨、糖，大人的理由都是这个。黑枣没了，肚子没问题，但我分明感到，自己小小的心脏里，有无限的怅惘，却也无可奈何。

大民是我家西邻。院子小，家里也没果树。他有一个妹妹，叫大兰，大我四五岁。我五六岁的时候，她已经十来岁了。我天天跟在她后面，觉得她做的一切都有趣，她说的一切都对，学着她吃饭，说话，睡觉，干活，玩，笑。我跟着她，她也护着我。有人欺负我，她就挺身去评理；我闯了祸，她也有办法掩盖。一次新裤子扯坏了，不敢跟家里人说，先去找她，帮我缝上。现在想来，她是我人生第一个社交对象——成功的。我喜欢她，依赖她，所以黑枣给了她，心里舍不得，却一点意见也没有。

她家里很静，她和哥哥都不怎么说话，我一去，就大说大笑的，没把自己当过外人。因为没人管。她娘没了，后来爹也没了。她娘我没见过，爹见过，不爱说话，偶尔咳嗽。有一次，他在院子里织草苫子，我蹲在一边看，很快就学会了：两根绳子，每个绳头坠一块砖，左一根右一根，搭在木架上；放上一把麦草，把前面的砖翻到后头，后头的翻到前头；如此类推，很快一张草苫子就织好了。十几年后，我到军校军训，要自己动手打草、织苫子，保护冬储大白菜，这个技能就派上了用场。

她爹去世的时候我还记得。脸上蒙着白纸，停放在堂屋中间。大兰不能再跟我玩了，她和哥哥披着白麻布，守在灵床两边，身下垫着砖头和麦草。有人来吊孝，就陪哭。没人的时候，大兰悄悄招呼我进去跟她说话。有时候小孩子淘气，故意在院子里喊："来人了！"大民、大兰马上开始哭，哭了一会儿没动静，才知道受骗了，也没办法。

以后大兰话更少了。有一段忽然不爱理我了，我使劲问。她说："你家阔，我家穷。"这是我第一次听到"阔"字，不明白什么意思，回家问大人，大人没理我。后来再遇到这个字，印象特别深刻的，就是杨修在门上写了个"活"字，结果被曹操杀了。还有阿Q说：我们先前——比你阔的多啦。对，就是我家先前阔过。

上中学时候，我住校，有一天忽然在校园里瞥见了大兰，她来找人。我很激动，朝她跑过去。当时我离开姥姥家已经好几年了。看见她，像突然看见了小时候，很多时光突然倒转回来。我语无伦次，很多话都想说，她淡淡相对，问多答少。所有的时光又都慢慢退去，我的小时候再次走远。听说那时候她已经订婚，后来结婚，婚姻颇有可说之处，但是好是坏，我已经不记得了。

去年去慈善寺，看见庙里两株古树，枝叶蔽天，合抱粗，地上落了厚厚一层金色花蕊，甜香扑鼻。整个空气都是甜的，那种特别熟悉的香气，非常好闻，让人迷醉，我以前一定在哪里闻过的，可是死活想不起来。树也不认识。我不甘心，从地上捧起一把，放在鼻子底下使劲嗅，想唤醒记忆，哪怕一点点也好。可是不行。临走我又抓了一把，放在小袋子里，边走边闻。乐乐爸说："行了行了，跟狗一样。"真是不行。好奇心像两只大手一样，在记忆的口袋里使劲掏摸，百般抓挠，却不得要领。整个人六神无主。不久到了另一座庙。一进门，就看见一棵同样的树。我跑过去，树上挂着名牌，上面写着：黑枣。

是的，黑枣。我虽然不记得它曾经开花，但那种香气，早已深深烙在记忆里，烙在自己都不知道的记忆里。

牌上说它还有一个学名：君迁子。每个字都很好，都是我喜欢的，很文艺。比萝卜籽的学名“莱菔子”还要文艺。

二〇一三年五月十日

19

靠近南墙，有一棵老榆树。它真是很老了，树皮裂得千沟万壑。很粗，两个我才能抱过来。树冠也很大，遮住了半边墙头。只要爬到墙上，就能藏在叶子里，谁都找不到。我经常坐在墙头，揪它的叶子。一片片揪下来，闻一闻，揉一揉，再闻一闻。没意思了，就一把把撒下去。

夏天的太阳总是明晃晃的。姥爷去上班了，姥姥睡午觉，整个世界都安静了。屋顶的铁公鸡，偶尔吱吱呀呀响两声，那是天上有风吹过。地上只有我一个人，沿着高墙根，慢慢走过来，又走过去，玩树叶，蚂蚁，潮虫，知了壳……空空的知了壳，很容易压碎，但前爪仍然厉害，能钩破手指头。潮虫都藏在砖头、土块底下，用手一碰，就缩成一个小球，可以推来推去，不会散开。正爬着的蚂蚁，用小刀在前面划一道深沟，它会直直掉下去。刚长齐的槐树叶，看上去崭新，先摘一梗，数有多少片叶子，再把叶子团成小球，塞到墙缝的土里，或者地上挖一小坑，埋上，走开几步，去玩别的。过一会儿，假装忘了，回头来找，东张西望，找半天，终于找到，就很高兴。

或者爬树，藏在树叶里，把叶子揉碎了，闻那种味道。核桃叶，枣叶，樱桃叶，榆叶，桃叶，味道都不一样。梧桐叶最难闻。核桃叶有股药味。童年的印象就是和种种味道联系在一起的。有时候闻到某种味道，恍惚一下，就回到了过去。那时候总是觉得天很高很蓝，房子很高，树也都很大——也许因为人小吧。还有阳光总是很好。很奇怪，那时候小朋友也很少。也许是家人不让进来。大概就是那时候，习惯了一个人的冥想和沉默。一个人待着的时候，满脑子都很活跃。这种东西让我一生受益匪浅。

榆树，大概是这个院子里最老的一棵树。有它在，满院子的树都安静了，谁也不敢大声。远远来风的时候，它要先开始摇动，其他树才敢跟着，慢慢摇几下叶子。它停下来，其他树马上也都跟着静下来。所以喜鹊也选择在这棵榆树上搭窝。

每到春天，老榆树上就结满了榆钱，一条一条，密密匝匝。撸一把直接扔进嘴里，清香甜涩，忍不住还要再吃。家里人喜欢用它熬粥，或者蒸菜饼子，我却不爱吃，做熟以后那种含糊暧昧的甜味，不喜欢。榆钱飘飞的时候，也很恼人，又干又白又轻，风飘万点，倒是壮观，但飞得满院子都是，扫起来很麻烦。装了风门，挂了帘子，榆钱还会卷着柳絮，瞅空钻到屋里，在青砖地面上，白团团地，滚来滚去。和珅故居恭王府，有一个蝠池，池边种了好几棵榆树。榆钱飘落到池中，据说是“福财满池”的吉祥意思。乡下没有这么多讲究。那么老一棵榆树，每年那么多榆钱，长就长了，落就落了。

后来这棵老榆树被砍倒。老喜鹊吓跑了，喜鹊窝拆了，里面有四只小喜鹊，老喜鹊只来得及带走一只。剩下的三只，都被抓住，用绳子拴住脚，留给我玩。小喜鹊在院子里蹦蹦跳跳，老喜鹊在高树上叽叽喳喳。再后来，送人一只，猫吃一只，老喜鹊又救走一只。我什么也没剩下。他们砍了一棵树，拆了一个窝，毁了一个家，我什么也没得到。

得到好处的人是我爸。他用这棵树做了一架房梁，盖了一座房子。老榆树长到一多半时，歪了下脖子，所以这架房梁也不一味笔直，走着走着忽然拐了个弯，再接着往前走。我爸并不喜欢这架房梁，说自己有几年境遇不顺，都怪这根大梁，上梁不正。最近这些年不说了，因为房间里扎起了顶棚，大概类似古代所谓的“承尘”，遮住房梁，看不见了。

有好几年，我睡觉的时候，一抬眼就能看见这架歪脖子房梁。梁下挂着一盏电灯泡，灯泡微微晃动时，梁上的影子，忽明忽暗，忽大忽小。我经常盯着这些影子，长久地看，思绪飘忽，时远时近。好像无数过去和未来，关于光阴的故事，都藏在里面。

这架房梁，差不多是老院子里唯一留下来，我想看还能看见的东西了。

二〇一三年五月二十日

20

我小时候听过的最恐怖的故事是这样的：有一个小孩子，在路上淘气，或者不小心，打死一条蛇，跑回家告诉妈妈。妈妈有经验，知道蛇肯定会来报仇，就赶紧把孩子藏到倒扣的瓦盆底下，自己在一边守着。后来有人找妈妈，妈妈不得不离开一会儿，等回来，掀开瓦盆，孩子已经死了，被一条蛇紧紧缠着。

这个故事，现在想起，还会有一条凉线嗖地滑过后脊。当时是浑身发紧，好像真被什么缠住，很长时间不自在。不敢一个人待着，也生怕家人把自己扣到盆下。这个念头，又黑又闷，挥之不去。每次看见水缸，或者大一点的盆，都免不了东张西望一番，绕着走。虽然那时还没见过真蛇——我是十来岁的时候，才第一次看见蛇，在水里，一条曲线飞快游走了。当时就双脚发软，粘在地上动不了。再后来读了《圣经》才知道，蛇成为各界女人的天敌，是不可违的神意。

还有一个恐怖记忆，不过不是故事，是真事。住另一条街的一家，老爷子不知为什么，忽然上吊了。晚上，几个邻居围坐在姥姥床边，绘声绘色开始讲：有人早五更起来，出门，一抬头，看见树上挂着一个黑影，晃来晃去。其时，我躺在床的最里侧，半睡半醒。一闭眼，就觉得有一个黑影悬在眼前，晃来晃去。大人们还是热火朝天地聊。我吓得再也睡不着。不知道什么时候才睡去。

还有一件，据说也是真事，但我不知是哪一家。儿子和女儿把爹杀了，埋在东厢房地面下。对外声称走亲戚去了。当然总也不见回来。后来有亲戚借住，每天晚上，都能看见一个小老头，打着灯笼从东厢房出来，在院子里走一圈，照管照管牲口，收拾收拾家什，又回去。很奇怪，就问儿子和女儿，东厢房住的是什么人。回答是空着。亲戚当然好奇心很重，所以事情就败露了。逆天的儿子和女儿受到惩罚。这个故事留给我的后遗症是，每天晚上都不敢看东厢房方向，有时又忍不住偷看几眼，看有没有小老头提着灯笼走出来。虽然我妈的爹，我爸的爹，都活得好好的。

当然也有一些好玩的故事，比如，一个人流鼻血，随手用吃剩的萝卜尾巴塞上，等好了，又把沾血的萝卜尾巴，随手扔到墙角里。时间一长它就成了精。每次货郎挑子来，都从这家里蹦蹦跳跳跑出来一个红脸小男孩，后脑勺留着丫尾（一绺细长胎发），买糖，买果子，买红头绳。有一次买完，货郎等着他送钱，左等不来，右等不来，就进去找大人。大人很诧异，说：我们家没有这样的小孩啊。货郎不干，到处乱翻，忽然在墙角看见了刚卖出去的糖和果子，还有一节干了的萝卜尾巴，上头系着红头绳。大家都明白了，把萝卜尾巴放在火里烧，其怪遂绝。这个故事告诉我们，流鼻血的时候，一定不要用萝卜尾巴来堵。于我而言，另一个教化作用是，每次听到拨浪鼓响，有货郎挑子来，当我捏着几分钱往外跑，准备买点糖球或者皮筋的时候，都会想一下：我是萝卜尾巴变的吗？

二〇一三年五月二十四日

21

小时候，最常走的远路，就是从姥姥家去父母那儿，再从父母那儿回姥姥家。十来里路，早晨出发，午饭前就到了；午饭后出发，天黑前也到了。离了姥姥家，一路往东，经过两个村子，下一个大土坡，过一座石桥，桥底下是一条河，水哗哗地流。再上一个大坡，穿过铁路桥，就是了。一路上穿村过店，东看西看，采野花，逮蚂蚱，没觉得累过。回来也一样。一般都有人接送，长大以后，偶尔也自己走。

有一次，父母没空，我想回去，正好别人家有亲戚，也走这条路，父母就托那亲戚——一位十来岁的姐姐，带着我，一起上路了。穿铁路桥，下大坡，过石桥，上大坡，进村子，又进一个村子，走的路都和以前一样。快到姥姥家的时候，姐姐忽然一拐，上了另一条路，一条我从没走过的路。长长的土路两旁，全是一种不知名的植物，青绿长条，左一嘟噜、右一嘟噜开着白花，密密匝匝，构成两道厚墙。墙外什么也看不见。人在其间，清爽极了。我当时想：一定要记住这个地方，一定记住，下次带爸爸就走这条路，以后都走这条路。感觉太舒服了！走了很长时间，才走到头。不知怎么一拐，又回到熟悉的路上，远远看见姥姥家的镇子。——下一次爸爸送我，我一路比画着那个地方，要去走。可爸爸换了几条路，都不是，不是我看到的样子，没有那道绿墙。以后我也再没找到过。

忽然想起《桃花源记》。一直以为后来没人能找到，是因为里面的神仙不想被找到，略施幻术，用了障眼法。武陵渔人肉眼凡胎，刘子骥动机不纯，仙缘都有限，怎么能找到呢？现在想来，也不能全怪这两位，你看当初渔人那路线：“缘溪行，忘路之远近。忽逢桃花林，夹岸数百步，中无杂树，芳草鲜美，落英缤纷……”水易干，花易落。开花和不开花的树，完全两种面目。用植物，尤其开花的植物做地标，还有比这更不靠谱的吗？这种路书，这种自助游攻略，不迷路才怪。

那次路上，还跟着这位姐姐，去过一户人家讨水喝。村里家家大门都是敞着的，能看见阳光铺在地上。走得有点渴，瞅准一家院子有女人，就在门口问：大嫂，能给点水喝吗？大嫂让进去，倒水。渴的时候，水真好喝。大嫂刚烙完煎饼，正一张一张叠起来，刚烘培过的新鲜粮食的香气，弥满全屋。我忽然觉得饿，很饿，非常希望那位大嫂劝一句：吃煎饼吧。但人家没有，只是安安静静地，不紧不慢地叠煎饼，叠了一张，又叠一张。掉在地上的煎饼渣，都香得诱人，我没勇气开口，当然更没勇气捡。喝完水，道了谢，就离开了。我不认识这位大嫂，也不记得她家的位置。估计这辈子都不会再见了，但新煎饼香气勾起的那种馋和饿，到现在还记得。想起来还会笑一下。

二〇一三年六月三日

22

姥姥家住的地方，有两条大路，一条南北向，往南可以去供销社，赶集，再南不知通向哪里；往北可以去学校和医院，再北也不知通向哪里。总之很长，看不到头。一条东西向，往东，走着走着就拐了弯，经过一片庄稼地，接上另一个村子，就显得没那么长，这条路可以去看我父母。往西不是路，“十”字路口右边这横，变成了一条河，中心点则是一座桥。百十户人家，就坐落在“十”字划开的四个方块里。姥姥家在东北方块，院子南墙是公社大院的后墙。公社大院的正门，开在东西大路上。姥爷去上班却不能翻墙，只能出门往西，穿胡同走到南北大路，往南走到桥头，再沿东西路往东走，绕一个大圈子。当然这道墙也有好处。有时候，有些东西姥爷不想拿着绕大圈，或者想先给我玩，就越墙头扔过来。我没事常顺墙根走一遍，不时能捡到宣传画、三角彩旗、铅笔刀、小画片什么的。

有一年，忽然开始修柏油路。差不多所有人都去看热闹。一口大锅，沥青和石子混在一起，工人用大铁锹拌好，倒在原来的路上，轧路机开过去，平平的路面就出现了。石子常见，沥青却是稀罕物。公家的东西，人人都有“责任”拿一点，所以很快，家家都有几块沥青了。沥青的用途也很快被开发出来：生炉子，补脸盆，补鞋底……小孩子手里人人捏一块，揉来揉去，小手黑乎乎的，浑身煤油味。修好的马路，下雨天好走，夏天却不好走。太阳一晒就软了，会粘掉鞋子。不穿鞋烫脚，只好走两边阴凉的地方。

马路的另一个用处是放电影。天没黑孩子们就来占座，路中间一排排摆开各式板凳。板凳空着，孩子跑来跑去。天黑人坐定了，电影还没放，大家伸手做各种手势，弯腰跑过的人，会在白幕布上留下巨大的身影。那时没有荧光棒，孩子们玩的是碎碗片，两个瓷片一敲，成串的火星落下来，黑夜里，很好看。北方旱地好像是没有萤火虫的，至少我小时候没有看见过。

大人们互相招呼，聊天。我靠在姥爷怀里，安静地听。忽然有人问：几岁了？会数数？能数到多少？姥爷说：五岁，能数到二十了。拍拍我，让数。我就一五一十数起来，数到二十，轻轻截住。其实还可以数更多，后面的数字，排队一样，一串串，面目清晰地站在那里，数下去很容易。我只是不想数，不喜欢卖力气被人夸。对面的小男孩，在大人的怂恿下，也开始数。比我还大一岁吧，眉目纠结，口齿含糊，七八以后就开始颠倒重复。我静静看着这个混沌孩子，心里无限同情。同时感觉，嘈杂人群里的自己，眉清目朗，心地澄明。

当然，这么多年，早就不再这么自恋了。但始终没变的一点是：书本上的东西，知识性的东西，从来没有难住过我。能难住我的，都是社会上的人，和事。

二〇一三年六月四日

23

妹妹印象里的姥姥，和我不大一样。她要努力回忆下，才不确定地说："是个有点凶的老太太？"也难怪，一个三四岁的人，也不是一直和姥姥住。但有一件事，是我们的共同记忆，说起来都记得。

一天，我们俩在屋里玩，忽然瞥见饭桌上蹭了一小块东西，肥白软腻，像极熟猪油，我眼疾手快，一下抹了塞进嘴里。——然后吐出舌头，号啕大哭。那是一小块肥皂。姥姥闻声出来，看清情况，劈头盖脸就把妹妹数落了一顿，说怎么没看好我。然后又骂我妈，东西不收好。等我漱完口，吃了东西，嘴里的臭胰子味有所减轻，人也不哭了，姥姥还有余怒，一会儿说这个，一会儿说那个。

这件事，是如此的不讲理，以致当年，几乎人人都知道。我妈说起来还会笑。我自知惭愧，不愿人提，但心里，其实有点小得意，那种知道自己有人护着的得意——无条件护着。只有经过的人，才知道这种感觉，多么好。

所以，有了乐乐以后，母子朝夕相随，任意腻歪。有人跟我说，慈母多败儿。我置若罔闻，一意孤行。这一辈子，能对几个人这样呢？又肯对几个人这样？

二〇一三年六月七日

24

小时候，家里一直养着猫和狗。但不是宠物，是像鸡鸭鹅、猪牛羊一样，各司其职，猫捉老鼠，狗看家。也没有宠物的概念，“宠”是居高临下，是赐予，不是这样——我喜欢猫狗，它们也喜欢我；我给它们东西吃，它们勤勤恳恳完成本职工作，就是这样，谁都不欠谁，大家平等。

姥姥家有一只大狸猫，年龄比我还大，我四五岁的时候，它应该十几岁了。我不太跟它玩，它也很沉默，常常静卧在一个地方很久，或者无声无息地走一走，像家里一位老人。最后老死的。有一天忽然就不见了，到处找不到。后来有人在偏僻的野地里发现了它的尸体，特意来告诉我们。当地人都认识这只猫。据说猫死的时候是不会让人看见的，自己感觉大限来临，会提前找个地方躲起来。

当时还有两只小奶猫，是我的伴儿，或者说，“虐待”的对象。一花一白，很小，走路还不稳。花的很活泼，像一切可爱的小猫咪一样。小白却被我不小心踩扁了尾巴，整天躺在屋门口的青石板上，哼哼唧唧晒太阳。我妈用香油涂在它尾巴上，土法疗伤。

有一只大黄狗，年龄应该也比我大，是守护者。每天上学，会送我走出胡同，拐了弯；放学，会跑出很远来迎接。夏天，就卧在木槿树下阴凉里，伸着舌头，呼塌呼塌喘气。有时候突然竖起耳朵，好像听到什么。然后继续趴下，喘气，摇尾巴。想不起来它是什么时候不见的。好像是姥姥去世不久后。这只狗性格温顺，我经常当马骑，这时就会被大人教训，并不是怕咬，而是说“骑狗烂裤裆”，怕衣服弄坏了。也听说过狗咬人，据说一个亲戚的孩子就得了狂犬病，但我没见过，以为天下所有的狗都是这样，温驯，守家，不攻击，满怀善意。

回到父母身边，家里也养狗、猫。都是从别人家抱来小的，慢慢养到大，到老，像家庭的一员一样。因为人口多，多年来，我妈做饭都习惯大锅大灶。后来孩子们都上学走了，我妈仍改不了旧习惯，一次会蒸一大锅馒头，熬一大锅粥，剩下的，就喂狗，喂猫。最多的时候，家里有四只狗，七只猫。鸡鸭不算。

大概是二〇〇四年，我回家一次。此前好几年没回了。刚进院子，就有一只大狗扑过来，围着我使劲嗅，突然像人一样站起来，两只前爪搭到我的肩膀上，伸出舌头就舔我的脸。所有人都吓了一跳，赶紧把它拽开。但它还是一直往我身边挣，扑，咬住衣服不松口。接下来的几天里，寸步不离，有机会就扑，嗅，舔。关上门，它就卧在门口，不走远。这是我那次回乡，得到的最热烈的欢迎，胜似旧情人。我妈说，它一定是想问：这么多年，你都去哪儿了？问题是，我从来就没见过它，它是我不在家的时候出生的，我只见过它的妈妈，或者姥姥。我不知道它如何认出我。我妈说，妹夫来的时候，它都会叫两声，以示警戒。可是对我，只有那种狂热的欢迎和依恋。

我能想到的唯一渊源是，它妈妈小的时候，我经常嚼碎了东西，一点点喂。也许那时，我的气味就留在了她的记忆里，然后她又遗传给自己的孩子？

——想我们家的狗了。

二〇一三年六月二十八日

25

小时候，一到夏天，最喜欢玩的就是知了。雨后的傍晚，随便在树底下一走，就能看见地面上，有一道轻轻拨开的小缝。抠开，一只知了龟就露出了小脑袋。逃，是没有退路的，它的洞那么浅，只好半推半就，任人捉拿。捉了就握在手心，被小尖爪挠来挠去，有点痒；或者装在口袋里，它的报复方式是撒泡尿，把口袋染黑一块，洗都洗不掉。

不等天黑，它们就开始出洞爬树了。这个时候最容易截获。一棵树一棵树看过去，一摸一个准。天黑了，如果没尽兴，就缠着大人，拿着手电，把刚才已经走过的树，重新再照一遍。院子里也就几十棵树，这种地毯式搜索，每天要进行好几次，可还是有漏网的。第二天早晨，看见树干上新出现的空荡荡的知了壳，小心脏里有说不出的空落和失望。知了壳也不放过，摘下来，收在盒子里。第二天就发愤早起，先去看树。动作快的，早蜕完皮，远走高飞了，但也有的刚蜕出来，身体还是淡黄，翅膀湿漉漉的，离壳未远；有的倒钩在空壳上，一小半还留在壳里；动作最慢的，后背才刚刚裂开，鼓出一个包，浑身振动。这些懒家伙，连逃跑的力气都还没有呢，自然手到擒来。

那些侥幸逃过，终于飞上枝头放声歌唱的，也没有绝对安全。我还有长竹竿。抓一把麦粒塞到嘴里，细细咀嚼，不大一会儿，就成了一小块面筋，黏力无边。有的孩子用蜘蛛网，我害怕，也嫌脏。听到树上有蝉唱，轻轻靠近，估摸距离足够，用竹竿顶头的面筋，从后面轻轻贴过去。蝉大都很警觉，多数时候忽然噤口，扑棱一声飞走了。也总有一些笨蝉，毫无察觉就被粘住了翅膀。这时候再扑棱也没用了，要么跟着面筋下来，要么自己扑通掉下来，因为翅膀已经坏了。

有的时候，一只知了趴在树干上，很健壮的样子，但轻轻一碰，啪嗒一声就掉下来。仰面躺着，几条细腿还来回划拉，却再也不能翻身。这就是凉风四起的时候了。树上有叶子开始往下飘。

其实每年夏天，捉这么些知了，也没什么大用，绝大部分一会儿就被玩死了，然后扔掉。喂鸡，鸡都不吃，还不如蝼蛄。孩提时代，就是这样无意义地暴虐，暴殄天物。唯一的收获就是对这种小动物很熟悉，太熟悉了。所以后来读到法布尔的《昆虫记》，除了惊讶于它居然要在地下活那么多年，其他差不多都没什么特别，都是我早已知道的了。倒是读到曹植《蝉赋》"有翩翩之狡童兮，步容与于园圃。……持柔竿之冉冉兮，运微黏而我缠"，不免有些沾沾，原来咱也"翩翩"过。

北京小区里的树林，很少能看见知了龟。偶尔有，出洞也极晚，差不多要九、十点钟。有几年时间，我专门等过。孩子们熬不起。所以，乐乐不会再有我那样的经验了。出洞之前，它们也从不在地面上先划一个小口，望望风。每年，除了高树上偶尔飘来的蝉唱，树干上偶尔遇到的空空蝉蜕，儿时的游戏，已经彻底无迹可寻。

二〇一三年七月三日

26

我是典型的文科生，长于神思，拙于动手。但在有限的前半生里，还是做过几次科学尝试的。

小学时候，不知从哪本书上，看到一个小实验，说把几支牙膏皮洗干净，剪开，放到铁勺里，用火炉烤，等熔化成汁，刮去表面浮沫，倒进知了壳，冷却后就能得到一只锡铸知了龟。这个成果看起来是如此诱人，可操作性又是如此之强，我立刻就被迷住了。

那一段时间，整个人都五迷三道的，秘密多方物色各种材料。知了壳和铁勺都好办，唯独牙膏皮，要等。走在路上也东张西望，希望捡到。这很困难，因为在当年，一支牙膏皮能卖两分钱，两分钱能买一大把糖豆，没有人会随随便便丢弃。很长时间才攒够。某天，趁大人不在，我动工了。可是吃饭的铁勺都红了，牙膏皮还是岿然不动。坚持了十几分钟，受不了，只好放弃。——我是多么想拥有一只这样的知了龟啊：口鼻俱备、指爪齐全，有沉甸甸的金属质感，泛着银灰色光泽，还是自己亲手做的。拉风！可是居然失败。但一直念念不忘，恋恋在心很多年。

直到有一次，看到商场里模铸黄金首饰的，才明白我那种土法炼锡，太小儿科了。但锡的熔点很低，家用小炉子，露天小铁勺，理论上也不是不可以，不知哪里出了问题。我现在最关心的是，不知道普天之下，率土之滨，到底有没有谁，真把这个实验做成了。如果没有，那可真是坑了我了。

一天晚饭有米汤。乐乐手破了，我给涂碘伏。忽然想到课本上一个经典桥段。马上动手，并提前向乐乐预告：见证奇迹的时刻就要到了！——拿了根牙签，找了张白纸，蘸着米汤写了几个字。发现操作比想象要难一些。在监狱里操作应该更困难。因为米汤写完字，纸是湿的，要等很久才能干。我大概等了一顿饭的工夫，还是放在暖气旁边。监狱里这么大张旗鼓晾着，很难不被看守发现。夜里有可能。第二个问题是，干了以后，有笔画的地方，纸都皱巴了，很容易看出来写的什么字。米汤本身也留下了清晰的痕迹，蜗涎一样，不用碘伏也历历在目。可能以前的人用毛笔和软纸，材料不同，效果就不一样？另外，我家的米汤，货真料足，也太稠了一些。

等纸干了，我还是涂了些碘伏上去，上面并没有显示出淡蓝色的字迹：没字的地方，是深蓝；有米汤的地方，发灰、发白。实验看来是失败了。我给乐乐匆匆展示一下，草草结束。——如果解释起来，可就太麻烦了。

聪明的，你告诉我，我到底错在哪儿了呢？至今，我仍然这么臊眉耷拉眼地百思不得其解着。聪明的，你告诉我。

二〇一三年七月四日

27

夏天的傍晚，太阳快要落山的时候，空气会忽然变醇，透明里带点微黄，颤颤巍巍的，像块大果冻。每当这个时候，成群的蜻蜓就飞起来了。

这种蜻蜓，除了翅膀，整个身体都是温暖的草黄色，叫草蜻蜓。还有一种水蜻蜓，青灰色，看着就冷，经常在水上飞，落也是落在水草上，不合群，不好捉。草蜻蜓就很友好。它们喜欢在院子里，路面上，干草旁，绕着圈儿低飞。低得就在孩子的头顶，脸畔，手边。运气好的时候，一伸手，就能捉一只。因为多，飞得又慢。有的飞着飞着停下来，悬一会儿，再飞，不知想什么呢；有的忽上忽下，有的忽快忽慢，也不知都在想什么。反正它们只是飞，不说话。空气里满是干草和牛粪的香气。

这时孩子们的乐事，是找一把大竹扫帚，举起来，看准，往下一扑，另一个赶紧上去，扒拉开扫帚苗，就能看见一只或者两只，在细密的竹枝下，窸窸窣窣扑棱着。扑到的蜻蜓，即使飞，也飞不远，翅膀伤了。所以放心地撒手，又捉回来。然后掐翅膀，抠眼睛，揪尾巴。玩够了扔在地上的，不是被某鸡眼疾嘴快啄走，就是一群蚂蚁慢慢围过来，浩浩荡荡，拖飞机一样，抬着走。蜻蜓好玩，好看，干净，不咬人，还能喂鸡，所以大人不会管。

天色一灰，蜻蜓阵就没了，不知藏哪儿了，就像当初，不知从哪里来。这时成群出来的是瞎蝙蝠。也是忽高忽低，但没人喜欢它们，它们也就只好寂寞地乱飞。一开灯，蝙蝠没了，围着灯嗡嗡乱飞的是小虫子们。偶尔一个大黑家伙闯过来，眼神不好，撞到灯上或者墙上，啪嗒砸到地面。这个往往是屎壳郎，最没眼力价儿，会被人捏着鼻子扔出去。然后就该睡觉了。躺在院子里的竹床上，看着天河，凉风里，耳朵边，四面响起啾啾虫声。不知什么时候被抱回屋里，天亮一睁眼，肯定是在屋里的大床上了。

翌日的黄昏，蜻蜓们约好一样，又都成群飞来了，好像完全不记得我们的恶行。我们继续扑，弄，扔。整个夏天，都是这样的，来来去去。它们不记恨，我们也不惭愧。长大后，读到列子的鸥鸟故事——说平时鸥鸟和这个人随便玩儿，一旦想捉，鸥鸟都在天上飞，再不肯落下来——就不太喜欢，当时不知道为什么，现在想来，人固然是有了机心，不太好，这鸟，也未免太警觉了，防人之心过强。——之前的那些一起玩儿，还有什么意思呢？

小时候的好，好在那种混沌的状态里，觉得整个世界都是自己的。蜻蜓是随便捉的，花是随便摘的，树是随便爬的，路是随便走的，日子就是随随便便过的。长大了，学了些文明的规矩，知道了哪些可以做，哪些不可以，哪些是雷池，不可逾越半步。知道得越多，世界越小。今生至此，已有无数遇合，好的，坏的。慢慢明白，整个世界，终将不再是自己的。

二〇一三年七月十一日

28

站在窗前，看见河岸的柳树，绿烟如霭。

今年，北京的春天总是迟迟疑疑地，不肯来。清明后，柳树才绿了。我的蚕种一个月前就开始出壳，可是桑叶还没有，只好自行消亡。好在反正也没有精力顾它。

小时候的这个时节，一般会请大人，或者大孩子，折一段柳枝，要稍粗一点的，树皮已经返青，叶芽还没有鼓出的，截一寸长短——其实就是两个叶芽之间，没有疤痕的光滑的那一段——轻轻揉，拧，搓，不久，薄薄一层表皮就能从枝条上整体脱落下来，成为一个小小的空筒。用指甲轻刮一头，刮掉表面的绿皮，露出白色内层。把这头放在嘴里，轻轻一吹，会发出嘟嘟的声音，一支小小的柳哨就做好了。口腔里立即弥满了柳树的苦涩味道。

如果技巧不熟练，或者用力过猛，树皮破了或者裂了，或者长短不合适，是吹不响的。小时候，每年总有那么几天，大街上，巷子里，都是头上戴着柳条帽、嘴里噙着柳哨，嘟嘟响着到处跑的孩子。

现在没有了。

口角那一点青涩的柳的味道，应该就是乡愁了。

二〇〇八年四月初记

二〇一三年七月十一日整理

29

东坡词，有一句特别喜欢，“牛衣古柳卖黄瓜”。一读到，就喜欢上了。因为在乡下生活过，很容易就能想象出那情景：夏天，叫知了，毒太阳，路边的树荫下，小小一个瓜摊。卖瓜人蹲着，草帽放在地上。路过的妇女，立住不肯走的孩子，三三两两的选瓜人。不单黄瓜，还可以牛衣古柳卖西瓜，脆瓜，甜瓜，面瓜，香瓜，西红柿，杏……夏天里，一切好吃的东西。

不管什么，买回来，洗干净，先湃在水缸里。缸里都是新汲的井水，摆在院子阴凉处。古人说，浮瓜沉李，红的绿的，真是好看。还能看见树影和天光，在水面上轻轻晃荡。偶尔会有叶子或小飞虫飘落进来，即便那样，水也是干净的。

最多的当然还是西瓜。我小时候的方言里，不说吃西瓜，叫喝西瓜。大人孩子，每人捧一块，稀里呼噜，几下就啃完了。满手满脸汁水淋漓，好像不这样就不足以叫喝西瓜。所以小孩子喝西瓜，一般都脱光光。洗孩子总比洗衣服省事。斯文一点的，无非喝的时候，身体往前探一些，免得汁水滴到前襟上，遇到黑瓜子，轻轻用小指弹掉，而不是呸呸呸呸直接吐到地上。这就是顶讲究的人了。其实吐到地上也无所谓啊，很快就会有母鸡来啄走，或者蚂蚁给搬走。谁都不要的，扫到墙角，不多久就能长出新的西瓜秧来，拔掉就是。有一年，一根西瓜秧长得那么长，谁都没去拔，居然开出花来，花落了居然结出瓜，一直长到拳头大小。可惜后来天气凉了，瓜不肯好好长，终于没长大，没吃成。白让我惦记了那么久。

除了瓜摊，姥爷还带我到瓜地里挑过西瓜。看瓜人住在瓜棚里，见人来，老远就出来打招呼，跟姥爷聊聊雨水，太阳，小偷。我跑进瓜地里，不顾瓜秧绊脚，一个一个地抱一抱，敲过去，虽然什么也听不懂，还是把耳朵贴过去，咚咚地敲。有的大，有的小，有的闷响，有的脆响。

脚下蹚过的地方，绿色的蚂蚱跳起来，纷纷四散逃开。

那个时候，地里有玉米、豌豆，路边有柳树、瓜摊，天上有蜻蜓、云彩，供销社里有铅笔、橡皮，家里有姥姥、姥爷，树上有鸟和知了，觉得日子就是充足的，内心安稳，人世太平。

看了最近拉拉杂杂写的这几十篇“杂花生树”，好像自己当年，是生活在太平盛世。其实那是二十世纪七十年代，人人知道，整个大地上正风起云涌。但我住在那个带围墙的小院子里，被两位老人轻轻护住，除了花，树，狗，云，什么也看不见。没看见，就当不存在好了。历史上所有的太平气象，大约也都是如此。有些事情，不是没发生，只是有人没看见，有人装作没看见，罢了。

二〇一三年七月十八日

30

虽然大部分时间待在院子里，但我还是瞅空子就会跑出去玩。比如，看到门口有孩子经过，抬脚就跟着走了。或者远远听到声音，也跑到胡同口张望，有人就跟着走，没人再蔫蔫回来。姥姥担心看不住我，六岁就送到学校，说让老师看着。当年这可算早教，因为其他孩子一般要七八岁才上学。之前就那么散养着。

我有过一个关系不错的小伙伴。女孩子，梳小辫。说不上好看或者好玩，但她有好几个死党，跟她玩好了，就能跟其他人都好上，一起玩。我很想。所以每天拼命注意她们的动向，一出来我就凑上去。把自己的小人书给她们看，烟盒给她们看，糖纸给她们看。一度，我们是相当地好了。她们出来玩儿，偶尔会专门叫上我。可是有一次，在她家里，忘了因为什么，她妈妈很凶地训她，她哭，跺着脚哭，一只小辫披散着。我在一边看着，忽然觉得很好笑，就哈哈大笑起来。后来她说：你还笑！就再也不理我了。一群人都不理我了。

我有很多小人书，当时还不大识字，只看图。清楚记得有一本里面，炮弹落进水里，激起一朵朵蘑菇样的水花。还有一个坏人，差点摔倒，三角眼。每次看到这里，都笑得不行。很多小孩听说有这本书，都会跑来，专门看一眼“三角眼”，看一眼，笑一阵。每次，我都极尽地主之谊，跟着大笑一场。

一次，东邻家的小男孩，也跑来借这本书，自然是一起看。两个小脑袋逗在一起，你指一下，我拽一下，边看边笑。忽然，嗤啦一声，那页撕破了。他还笑嘻嘻的，好像没明白出了事。我刹那之间，怒自心头起，恶向胆边生，抬手就是一巴掌。打得那孩子笑容像是贴在脸上，半天收不回去。不解气，紧接着又使上五爪神功，这回可就见了红了。那孩子哇地哭了出来，反手就抓我。自然马上打到一起，一个哭得比一个响。两边家长闻讯而来，气哼哼地撕掳开交战双方，发狠，训诫，警告以后再不许一起玩了。果然，以后再没一起玩过。我有一次趴在墙头上，往他家里看，没看见他。后来我跟父母搬走了，再没见过。

所以我觉得，世上根本就没有“两小无猜”这回事。即使偶尔看上去像，也只是暂时，都将以打架告终。所谓“青梅竹马”，不过是成年人不怀好意的臆测罢了，无非想寄托自己内心那点暧昧。一定要长大一点，懂得把自己的一部分收敛起来，才能真正和他人，共存共生。

二〇一三年七月二十六日

31

夏天，雨后的树下，是玩泥的好地方。要靠墙根，走路的地方不行，挖土挖坑，会被大人训。树荫成天遮蔽的地面上，有一层绿苔。小铲子剔掉，就是干净的泥块。剜出来，堆在磨盘上，根据软硬，适当加水，揉，搓，摔，打。可以做成方块，也可以搓成长条，或者圆球。方块是做坦克的，一个小方块，摞在一个大方块上，前面斜插一截小树棍，代表炮筒，就算完工了。精益求精的话，就用小钉子，在大方块两侧，画出履带和车轮。然后摆到窗台上去晒。往往没等晒干，就急着拿回来玩，不小心掉地上，摔裂了；或者，晒着晒着，自己就干裂了；或者下雨忘了收，重新变成一摊泥。

捏得最多的，还是小鸭子。这是我能做得最像的小动物了。前头搓细一点，竖起来再往前一弯，捏个小扁扁嘴，尾巴直接捏扁，就很像了。有时候能一连捏十几只，排成一队。虽然大的大，小的小，歪歪扭扭，看起来还是蛮有气魄的。院子里经常会有一支鸭子部队，从一棵树排到另一棵树，或者排满整个窗台。打头的一只，总是大一点，如果能找到两颗黑豆做眼睛，几根鸡毛插身上，简直就像将军一样威风凛凛了。有时候也会给坦克插上几片槐叶，做伪装。这都是升级豪华版，不经常有。

限于材料，也限于想象，那时候我能做出来的手工，就是这样了。所以后来，看到乐乐那些五颜六色的彩泥，简直不知从哪里下手。犹豫、挑选半天，一上手，还是捏了一只小鸭子，跟三十多年前一样简单，粗陋，歪歪扭扭，只是鲜艳得不像话，还有一股莫名其妙的香气，不复当年泥土滋味。

二〇一三年七月二十九日

32

小时候，大人禁止去水边，所以好几岁了，竟没见过荷花。但一直都是认识的，当地有一种烟，叫“白莲”，烟盒上的图案就是。一花一苞，叶如托盘，粉红翠绿，煞是好看。孩子们攒烟盒，都喜欢这种，漂亮。而且不易得，因为两毛五一盒，在当时属于高级货，大人出门、待客、办席才用。平时大都抽“普滕”，一毛四一盒，土头土脑，没人稀罕。另一种高级烟是“大前门”，烟盒上画着前门楼子，好像也两毛五。两种烟盒我都攒过很多张，宝贝一样收着。当时不会想到，多年以后，那个城门楼子，会是自己上班路上日日经过的一站；那花，会成为自己内心，一种隐秘如梦、轻易不向人言的存在。人生的密码，其实生命之初，都已埋下伏线，只是当时，我们不知道罢了。

一天，带乐乐去看荷花。刚下过雨，每片大叶子里都汪着水。轻风一晃，裂成无数碎珠，四散乱滚。乐乐大为惊奇，也两手端住一片叶子，左右轻晃。水珠们从左滚到右，从右滚到左，一不小心，跌落到另一片叶子上，或者水里，或者手上、鞋上。再去找下一片汪水的叶子。就这么一个简单游戏，足玩了两三个小时。一边玩，一边笑，开心而专注，像是面对人世间最大的秘密。我一直都没有叫他，就让他那么玩。因为忽然想起了自己的小时候：大概四五岁的时候，一个人随姥姥、姥爷住在一处大院落里。白天，大人都午睡了，小孩精神大，还在院墙根的树荫下挖土，看蚂蚁，捡树叶，寻蝉穴。院子里静悄悄的。时光悠长，无始无终，不知此身从何而来，又将往何方而去。

陪孩子长大，其实就是重来一遍自己的童年。如今不惑，已经深知，人生一世，后事不可期，不可知——即便知道，又有什么意义呢？该来的还是要来。莫如欢欣当下。我只希望，这个清凉午后的欢欣时光，能够驻留在他清浅的记忆中；这些欢欣跳跃的晶莹水珠，能够照亮将来他人生路上，注定会遇到的那些无聊、晦暗的时刻。跟学会某些知识技能相比，我更希望，他能学会感受这些瞬间的美和好，并从中获得勇气和心安。

那天，我还带他划了船。池塘里有一处地方，大约比别处更加水肥田美，所以一簇荷花，拔出水面很高，需要抬头看，像看一棵树那样。层层叠叠向上伸展的花和叶子，大半只能看见叶柄和花托的底部。忽然想起古人“莲花过人头”的句子。真是好句子，虽只简单几个字。古人有太多的好句子，可惜大半，只有亲身经过，亲历其境，才能体会。我很想把自己此刻的心动告诉乐乐，可是他会懂吗？当然不会，所以我什么都没说。

自求多福吧，好小子。

二〇一三年七月三十日

33

姥爷有一个牛皮箱子，油黑发亮，能装很多东西，一直放在床头。我妈很喜欢。我们搬走后，妈妈有一次对我说：“你跟姥爷要那个箱子。姥爷疼你，你去说。”我唯唯。见了姥爷，不知怎么，却不愿意开口。回来我妈追问，我不敢说没提，就含糊点头。我妈很满意。等了一段时间，看姥爷没有给的意思，又催我问。我还是不愿意。去之前也想，这次鼓鼓勇气就说了。但见了姥爷，就是不想。觉得如果说了，我和姥爷之间，一点什么东西，就没了，或者变了。有点怕。回家继续应付我妈。心想，反正只要我开口，姥爷肯定是给的，早说晚说都无所谓。下次吧。

从没想过，会没有下次。姥爷突然就走了。没人在场。按当地风俗料理过后事，家里的东西都分了。后来宅子也卖了。我妈有时提起来还会遗憾：“那个箱子，你姥爷本来都说好了，要给我们的。”

我嘴里附和，心头却如释重负。——我一直相信姥爷是真正疼我的，你看，他最终用这种方式，轻松地帮我解决了难题。

二〇一三年八月六日

34

床头的牛皮箱旁，一直立着一把日本军刀。在很长时间里，这把刀都比我高。现在想来，至少一米多长吧。这把刀是姥爷的。来历我不知道。现在的去向，也不知道了。

姥爷见过鬼子，这是确定的。因为我爸说，姥爷曾亲口给他讲，鬼子来的时候，他们躲在高粱地里，靠装死逃过一劫。鬼子一人一刀刺过去，姥爷忍痛没有吭声。在高粱地里躲了很多天。我爸说，他亲眼看到过姥爷身上，一尺多长的刀疤，就是那次留下的。我没看到过。

我只知道，姥爷小时候在东北，年轻时到过原先的奉天，还有天津、河北一带，解放后回老家。姥姥就是东北人。我还记得，家里有跟朝鲜人的合影，镜框里还镶着一张姥爷的礼帽长袍照。因为和当地当时的风尚很不一样，所以印象深刻。其他就都不知道了。

我父母也不太清楚，只说当年有人做过外调，调查回来的材料有一麻袋，但没看过。说姥姥也曾托人回皇姑屯附近老家寻亲，村子都没找到。片瓦无存。

过去的事情，姥爷轻易不向人言。

小时候不懂得问，如今想问，已经无人可问。

二〇一三年八月六日

35

小时候住乡下，天不亮鸟就叫了。屋檐下叽叽喳喳的，吵得人睡不好觉。最常见的是麻雀，最不受待见的也是麻雀。姥姥高兴的时候叫它们小家巧（雀）儿，不高兴，就叫老家贼。平时满院子蹦来蹦去，找吃的。见人来，呼啦一声飞走，没动静，又飞下来。猫一个箭步就能捉一只，吃上半天。可它们不长记性，下次见了猫，还是不知道躲。

我小时候，家里人不让摸麻雀，说会手心出汗，女孩子将来做不了针线活儿。小鸟握在手里，的确是有点烫。后来才知道，鸟类体温一般四十度左右，比人要高。可我现在手心并不出汗，也极少做针线活儿。真是可惜，白错过了那么多好玩的机会。不过这样也好，少杀生。经过小孩之手的麻雀，鲜有能活下来的。只有一次例外。一个叔叔半夜用手电筒摸了一窝麻雀，一家老少全堵住了，就把老麻雀给了我。我捧在手里，一把没攥住，老麻雀扑棱棱挣脱，直撞向窗户，咚咚几下，把窗纸撞了个洞，逃出生天，飞了。我还没玩热乎呢。

有梯子的人家，可以很方便地爬到房檐，去掏麻雀的窝。屋檐瓦下露出几根草的，肯定就是了。有时候掏出来鸟蛋；有时候掏出来没长毛的雏鸟；有时候掏出来的小鸟，羽毛已经齐全，但还飞不远。最多的是屁股光溜溜的小鸟，里面五脏六腑都看得清楚。嘴也奇怪，比成鸟要宽大，一圈黄边，大张着，永远想吃东西的表情。

孩子们自然不断往里面塞，不久小鸟就被折腾死了。没听说谁养活过。

同样是鸟，燕子，大人就不让捉，最好连手也不要指，说否则会瞎眼。也许因为燕子是客吧，来了，有走的时候，不像麻雀，没早没晚都在。燕子可以登堂入室，麻雀只好睡在屋檐下。燕子外衣漂亮，小礼服一样；麻雀一年四季好像都是随便凑合。燕子从来不吃主人家的东西，都是去远处打食；麻雀就没这么体面，饭桌都敢上，要挥走。

当时我已经上学，对念书很有兴趣。但也只是念而已，并不以为书本和我有什么关系。比如《丁丁开飞机》，我就不会做那样的梦。飞机在天上飞过，像一只蜻蜓，谁见过蜻蜓用人开呢？我在马路边，捡到一分钱，肯定就去买糖球了。马路上哪儿有警察叔叔？我同学的叔叔倒是个公安，大家叫他刘公安，穿着警服，但是他并不经常站在马路上，只在每次开学的时候，来学校讲一次安全。或者到家里来串门。还有《美丽的公鸡》。我家公鸡也漂亮，但不会说话。我见过的牛也不会说话，羊也不会说话，小马也不会说话。没见过松鼠。月亮没那么弯，太阳也没那么红。——书就是书，我就是我，两无干涉。直到有一天，学到了《麻雀》，里面说从树上掉下来的小麻雀，“嘴角嫩黄”，心里忽然一动。隔着文字，我看到了自己的生活。

就在那一刻，自己和文字之间，原本一层透明而坚硬的无形玻璃，哗啦碎掉了。我从此学会透过文字，触摸小鸟温软的羽毛和肌肤；透过文字，印证和记录生命里的点点滴滴。再无隔膜。

二〇一三年八月七日

36

有一段时间，小孩子之间忽然流行换工分。几个大孩子，不知从哪里拿来几张工分票，一张就可以换走小人书，陶片，糖纸，烟盒，玻璃球……我很想要，就拿自己的东西去跟人换，终于换到几张皱皱巴巴的，宝贝一样收着。有一天，舅舅随手扔给我一大摞，细皮筋捆着，我欢天喜地，仔细藏好，不给人看。过了几天，终于忍不住，拿出去，想找别的孩子，把自己的东西再换回来。可是发现，每个孩子手里都有一大摞，谁也不稀罕，已经换不到东西了。

类似经历，刚上大学还有过一次。当时每月发三十斤粮票（小月二十九斤？），女生饭量小，到月底能剩下十来斤。就有人到宿舍来，用粮票换各种小东西。我用四十五斤粮票换过一条小皮带。因为第一次，所以记得很清楚。然后就想着多攒点，以后换个大件。大概攒了上百斤吧。再然后，就没有然后了。

曾经碰到那个换粮票的，还问人家，人家早干别的去了。

二〇一三年八月八日

37

我后来，好像再也没见过那么大、那么白的雾。

不知怎么就走在雾里了。漫天漫地，都罩在一个望不见的大锅里。无数白色水汽，在眼前翻滚，在脚下涌动，手一划，就呼呼啦啦跟着跑，好像无数活的生命在里面。低头甚至看不见自己的脚，所以总以为下一步会踏在水里，或者踏空。踩下去居然是平地，就有点奇怪。路还是那条路，感觉却全变了，深一脚浅一脚，不知走向哪里，也不知走到什么时候。

姥爷带我去赶集，可我连姥爷也看不清，只好攥着手，一步步摸着走。忽然有人打招呼，说："雾可真大。"

姥爷也大声说：“是啊！”灰色的身影一闪，马上又隐去。人人都像披了隐身衣，只有声音还留着，在雾里穿过来，穿过去。

早集在镇子最南面，卖什么的都有，吃的最多。当然还赶不上庙会，逢会的时候，十字街上挤满了人，挤不下的，就溢到大街两侧的小胡同里。早集只有镇南一条街，离姥姥家算得上“远”。走到的时候，雾终于散了一点，能看见影影绰绰的人和小摊了。买东西的总是那些人，卖东西的总是那些人，买和卖的东西，也总是那几样。所以挑挑拣拣，更多时候是一种形式，不是内容。就像这样的大雾天儿，大家还都出来，也不见得是着急买什么东西，只是因为正好逢集，如果不走一趟，就有什么地方不对劲儿。

不过这次，还真有点不一样。一个小摊前，摆着一堆褐色的豆，大大小小，形状各异，像极了小石子。人们站下，问问，走了。没人买，因为不认识。摊主说的名字，也没人知道。那么多人，经过，站下，摸摸，问问。我们也站下，看看。姥爷问：“这个怎么吃？”摊主说：“炒菜吃，跟面蚕豆一样。”面蚕豆是我最喜欢吃的。姥爷问我：“想吃吗？”我不说话。摊主卖力推销：“能吃，好吃，炒了煮了都能吃，小孩老人都能吃。”说最后一句的时候看着我。我不理他，姥爷又问：“想吃吗？吃就买。”

越问我越不肯开口，只是把姥爷的衣角拧了又拧。姥爷就买了。我们高高兴兴回家去。

家里也没人认识这东西，也不知道怎么做，只好洗洗，胡乱搁油炒了。姥爷早已坐在小桌边开始喝酒，我也坐好，拿小筷子等着。端上来，马上夹一粒放嘴里，马上又吐了出来——跟吃石头一样，硌着了。每个人都小心翼翼尝了尝，谁也咬不动。——只好整盘子倒掉。鸡都不吃。

这件事被全家笑了好久。到现在我也不知道那是什么东西。以后再没见过，没吃过。也再没见过那么大、那么白的雾。虽然看不清周边，看不清前路，但呼吸的时候，内心充满安全感。

二〇一三年十月二十二日

38

山东男人喝酒，第一盅倒满，往往并不直接喝，而是先把盅口微微一倾，洒几滴在地上，然后才一饮而尽。我见过的，姥爷这样，我爸这样，其他上点年纪的人也这样。后来知道这就是古人所说的“酹”，不敢自专、先敬天地的意思。来源应该很早了。

我爸喝酒很多，但在姥爷和我爷爷面前，很克制，不多喝，不多吃，也不多话，陪侍而已。和平日里的爸爸不太一样。小时候见得最多的是姥爷喝酒。晚上，我已经在大床里面躺下了，姥爷还掌着灯，或自斟，或陪一二熟客小饮。矮桌上最常见的是花生米，猪头肉，偶尔有烧鸡。大人边喝边聊。玻璃罩里灯火摇摇，我昏昏欲睡。有时候，喝酒的人不小心，把酒杯碰倒，或者倒得太满，酒溢出来，流到桌子上。这时候，就会有人招呼我起来看热闹：擦着一根洋火，放到酒边，蓝色的小火苗一下子跳起来，追着酒痕，慢慢扩大。最后扩成一圈蓝汪汪的火焰，铺满小半张桌子。然后摇曳着，慢慢变矮，熄灭。桌面上只剩一摊清水，毫无烧痕。屋子里弥满粮食酒的香气。据说酒越好，火苗越蓝，燃烧的时间也越长。烧不起来，姥爷就会摇摇头，说这次的酒不好。

我爸也有这个习惯，不小心洒了酒，并不擦掉，也是点着，看着它慢慢烧尽，让屋子飘满酒香。好像这样就不算浪费。只不过后来他用的是打火机，不是火柴。我从不喝白酒，但偶或一尝的时候，也并不排斥。也许跟小时候，夜夜在酒和花生米的气息里睡去有关。家传，熏出来了。

许多年。在那蓝汪汪的小火焰里，姥爷的晚年，爸爸的壮年，我的童年，就这么轻轻巧巧地溜走了。

二〇一三年十月二十三日

39

小时候去上学，总是起床很早，尤其冬天，天上的星星还一闪一闪的，散发寒气；路旁枯草结着厚霜，踩上去咯吱咯吱响。手袖在袄筒里，头缩在围巾里，才不会觉得太冷。后来才知道，农村学校的作息，和城里不太一样：先上完一节晨读两节正课，才回家吃早饭，通常是九点左右，所以每天起床出门应该是五点多。然后再返校上四节正课，回家吃午饭，一两点的样子。下午再返校上两节课，放学回家，一天就完了。正好和家长的作息合拍。——所以上学的孩子，和拾粪的老农一样，差不多是村里起床最早的人。没有家长接送，都是三三两两约好了，自己去。

我经常约的，是隔几家墙，比我低一个年级的女孩。小孩贪睡，每次都是走进院子，唤她的名字，才听见她答应，翻身，起床，在屋里窸窸窣窣收拾。我就挎着书包，袖着手，缩着头，在门口等。农村人家，屋门东侧的窗台下，都有一座香台，一米来高。逢年过节上香摆供，平时就摆花盆。她家的香台上，那天摆的是九月菊，好多盆，正团团盛开。寒冽的花香和空气，猛然一齐灌入肺腑，一个冷战，立刻感觉整个人都像这寒夜晴空一样，清醒而空灵。星光之下，花的颜色看得不甚分明，但花香寒气源源不断袭来，让人如在万花包围中。我攀下一枝，把脸凑上去，使劲嗅。那是一种让人闻见就想塞到嘴里的味道。所以后来看到屈原说“夕餐秋菊之落英”，一点也不奇怪。虽然屈原看见的菊，未必就是我眼前这一种，那种口齿留芬、身心俱净的遐想，应该是一样的。这时，能听见屋里的人走动，要来拔闩开门了。我想都没想，就使劲揪下一朵，塞进了书包里，手忙脚乱。

其实一路上，我都在担心，担心有花香飘出来，被她闻到。好在她什么都没注意。到了学校，我也没敢拿出来。直到回家，瞅个没人的空子，才从书包里掏出来，仔细看。花瓣已经蔫了，软塌塌的，也还香，不过淡淡的，已经不是夜里那种不由分说的喷薄涌动。

后来我再也没有摘过花，连花店的鲜切花也很少买。

二〇一三年十一月二十四日

40

姥姥家里屋南窗下，顶着西墙，是一张三屜桌，桌上有玻璃板，玻璃罩灯，姥爷的纸、笔、眼镜、印章。桌前一张太师椅。这张椅子，从扶手到靠背，都圆溜溜的，带着弧度。腿倒是直，到了脚尖，却淘气地往里一勾——和屋里其他方头方脑、棱角分明的桌子板凳，显然不是同类。它和靠北墙那张雕花大床，据说被送人的衣帽架、被劈开当柴烧的床前脚踏板，以及东屋墙角胡乱堆着的几只花鸟美女胆瓶，是一套的，跟这个大院子一样，不知何时来自哪个不知名的家族。反正我不知道。

太师椅的上方，挂着姥爷的全身大照片，长袍礼帽，显然也不属于那个时代。但在哪里，为什么照，也是我不知道的。

照片旁边挂着一面大镜子。我一直没注意到它。直到有一天，站在屋子中央，一抬头，忽然看见对面一个孩子，吓一大跳。对面的孩子，眼睛定定地看着自己。不习惯这种对视，我扭过头去，能感觉对方也扭头。再扭回来，镜里人仍然定定地看着自己。被人盯着的感觉不好，我跑出去玩了。过一会儿不放心，又跑回来，镜里人还在。忽然意识到，那就是自己。以前从来没见过自己。嘴里缺着牙，大洞很清晰。慢慢熟悉了这个镜子，就经常照着看，呲牙，咧嘴，鬼脸，瞪眼，跺脚，傻笑，无所不为。所以，我很早就知道，一个人面对镜子的时候，别人不能看。

山东的屋子，后窗很高，很小，往往用纸糊上，怕后面的人家踩着东西偷看。东西墙也开了窗。阳光从百叶窗里照进来，形成一条条光柱。光柱里，无数细尘飞扬。我从来不知道，看起来清清爽爽的房间，会有那么多的小东西，上下舞动。我把手伸进光柱，想要捏住什么。有时候明明捏住了，撤回手，一看，却什么也没有。

墙上曾经挂过一幅新画，一个小姑娘，脸蛋红扑扑的，梳小辫，连衣裙，白短袜，喜滋滋地向画外人展示自己的作品，绣着“热爱领袖华主席”字样的圆绷子。很长一段时间，我都觉得，自己长大了，就会是那个样子，因为小辫，连衣裙，短袜，我都有，甚至她坐的竹椅子，都跟我家的一样。唯独不会绣。当时想，没关系吧，等我长到那么大，自然就会了。结果并没有会，后来也一直没有学会。

一年级的时候，校长开大会，表扬三年级的学生，内容忘了，但当时一点也不在意，心里想，等我三年级，自然也那样。二年级的时候，校长又开大会，这次表扬的却是一年级，两个小朋友学雷锋，送老大娘回家。当时我就着急了，深感绝望：怎么办呢？自己都二年级了。来不及了。

这种焦虑，持续过很久。四十岁以后才好些。自己发明的解决办法是：算了。

二〇一三年十一月二十四日

41

窗外刮着大风。刮回了久违的蓝天。小时候的天，大半都是这样的；小时候的冬，印象可是不深了。五六岁以前，几乎不记得冷，不记得有刮风，下雪，冻冰——忽然想起来，冰是有的，从室外的小水缸里，揭出圆圆的一块，中间用烧热的火钩烫一个眼，穿上绳子，用小棍挑着，铜锣一样，神气活现地在院子里来回走。还有屋檐下，结着长长的冰锥，也叫檐溜子。太阳出来，晶莹耀眼，小水珠顺着冰尖，一滴一滴滑落，把屋檐下的土地，砸出一溜小坑。越是茅草屋，冰溜子越大，越长，矮屋檐下一字挂开，好看极了，所以我会特意跑到别人家去看。有时候伸手掰一支，放到嘴里尝，大人看到了就骂，说会肚子疼。

除了这些，住姥姥家那几年，关于冬天的印象，真是不多了。也许大部分时间都是关在屋里的缘故。一张厚厚的棉门帘，隔断了外屋的寒气，小炉子里永远都有熊熊的火。炉子上是嗞嗞响的水壶。炉子下面可以烤花生，土豆，红薯，粉条，栗子……

有一次从炉灰里扒拉出一块玻璃。已经烧熔，没有形状，但还能看出是块玻璃，绿的。也许是酒瓶上的，不知怎么混在煤里了。每一块煤都是大小合适乌黑透亮的。烧出来的火也格外红亮。烧剩的灰是细白的粉末。偶尔一块矸石混在煤里，烧半天不见火苗，姥爷就会移开水壶检查，看见一块也发亮，但亮光和其他煤块都不一样的，偷偷暗红着，就用火钳夹出来，扔到煤灰上。——矸石也自知理亏似的，迅速暗淡了。这种石头很硬，烧完了也不会碎，就是发白一点。最热闹的是不小心扔进去一块炸焦。这时候炉子里可就炸开锅了，噼噼啪啪作响，除了用水壶紧紧盖住炉口，谁都不敢靠近。一直要等噼噼啪啪的声音没了，才挪开水壶看看里面。如果是块大个的，脾气大，会把一炉子的好火炸没了，要重新添煤，吹火。——除此以外，这个小炉子就一直都是平和的，红红的了。一个冬天，就那么熊熊着，热热着。我的活动范围就是炉子边，桌子边，床上。墙上会添一张新月历牌。有一年的月历牌上，是一个小姑娘，穿着红裙子，背后是一大片盛开的月季花。小姑娘不看花，却对着我们笑。我问姥姥：她为什么不摘花？姥姥说："谁都跟你似的，败坏头！"

每天晚上，家里都会有一个麻子坐着。大家都叫他麻子，我也叫他麻子，他也不以为忤，因为脸上的确都是麻子。记住他是因为他会拉呱，俗称讲故事。他每天都有好故事讲，我听得入迷——虽然现在一点也想不起来。每次讲完，眼看到了睡觉的时候，他起身要走，我拖住不放，说"再讲一个，再讲一个"。他作势要走，眼睛却看着姥姥、姥爷。这时候姥爷就会说："再讲一个吧。"他就坐下，再讲一个。我满意了，他就走了。

有一天忽然想起这个人来，问我妈："为什么麻子老在我们家？"我妈说："那时候只有你姥姥家有炉子，他们过来，哪是拉呱，是想暖和一会儿。"原来是这样。当年的富贵，我妈最喜欢讲的，还有一件。我出生以后，她奶水太足，只好滋到猪盆里，喂猪，猪食上面都漂着一层油花。邻居们听说了，一传十十传百，三五里外的人家都抱着孩子来，让我妈喂。我妈掰着指头数谁家的谁家的。可惜我大半不认识，认识的那一两个，还是经常跟我打架的，全不讲一奶之恩的情分。

我妈还经常遗憾，她小时候的银镯子、银圈子，都让姥姥送人了，不然可以留给我们什么的。我想象不出，一件东西能放二十年而不用的情形，除非是彻底忘了，所以并不以为遗憾。但我妈经常提出来说，听得太多就记住了。所以刚一发达，我就立刻送了我妈一副银镯子。还好当年姥姥给她戴的是银的，如果是金子的，我还要掂量掂量。

还是说麻子。有人说他是光腚汉子。后来才明白这个词什么意思。好像父母也没了，就一个人过。去过他家。他房后的路，是上街必经的。茅屋顶上长着高高的草，煞是好看。院子的土墙不高，好几个缺口，很容易翻进去。所以他的院子等于不设防，想抄近路的人可以随意穿园而过。慢慢地，他的院子也就变成了一条路。十次经过九次没人，门虽设而常关，不知他在哪里晃荡。再后来，他怎么样，我就不知道了。

长大以后，一次我妈晾晒旧衣物，一眼瞥见了那张棉门帘，早破旧得不成样子。小时候的小屋、炉火和故事，倏地一下，带着熟悉的味道扑面而来。又倏地消逝，只剩下一地白花花的太阳。再后来那门帘就不见了，也许太破，卖给收废品的了吧。没有伤感，反正很多东西，都是一去不再回来。

二〇一三年十一月二十六日

42

如果说，每天一早一晚，负责播放大喇叭的公社大院，是小镇的政治中心，供销社就是经济中心。油盐酱醋，烟酒糖茶，橡皮铅笔，花布娃娃，大部分花钱的事情，都在那里。供销社在十字街口的西南角，从姥姥家出来，走过大兰家后墙、小鸾家后墙，往南拐；经过小鸾家大门、西院墙，再往西拐；走过麻子家后墙、谁谁家大门口，到了南北街上，一直往南走，就到了。很小的时候，就经常往那儿跑，不买东西，只是闻一闻糖果的味道，点心的味道，橡皮的味道，花布的味道，也是好的。看想买东西的人东摸西摸，听售货员和顾客吵架，都是好的。供销社的柜台，就像现在儿童的绘本，看图识物，隔着玻璃，教我认会了很多东西。

有一天，家里没人，姥姥只好打发我去买烟。一只手里放了一张两毛的纸票，一只手里放了一枚五分硬币，让我攥好，说，记住了，这只手是买烟的，这只手是买糖的。我情知重大，使劲点了点头，紧紧攥好，就出门了。走到大兰家屋后时，心里还是清楚的，知道哪只手买烟，哪只手买糖。走到小鸾家大门口的时候，就有些含糊了。走到麻子家屋后，好像又清楚了。可是走到南北街上，又开始糊涂，记不清。等走进供销社，站在柜台前，踮脚把钱放到柜台上，纸票和硬币上都是汗了。犹豫半天，终于很肯定地说：这个买烟，这个买糖。

售货员飞快抓了一大把糖，哗啦放到柜台上，真是一大堆啊。然后掰了半包烟，给我。刚意识到，当年的烟是可以卖半包的，可以拆封卖。我经常看见有人买散烟抽，一次一支，或者两支。酒也可以打散的，自己拿着酒瓶子去打。我忙不迭开始把糖块往口袋里装，右边装满了装左边。还剩下，手里攥不过来，忍不住，剥了一块先放嘴里。就这样，一手握烟，一手攥糖，嘴里含着，呜呜噜噜走出供销社。还清楚记得，兜里的糖太沉，衣裳角坠得一边儿高，一边儿低，就这么歪歪斜斜、摇摇晃晃地，一路走回家。

姥姥看见半包烟就笑了。唉，谁能苛求一个五岁小孩的智商和记性呢？

二〇一三年十二月十九日

43

泡桐花开的时候，也就是快落的时候了。大大的粉紫花朵，要落到地上才好玩。不然树那么高，谁愿意费劲爬上去。反正早晚都会落下来。

落花，总是蚂蚁更先发现。因为鼓蓬蓬的蕊根里，有一抹甜。挑那些干净的，硬挺的，捡起来，抖掉蚂蚁，撕去花瓣，掰开蕊根，轻快一舔，那抹甜，似有如无，就从舌尖溜过去了。

层层处置过的花朵，最后在手里，就只剩了一个小小的黄色的硬壳——原先的花托。像一顶小帽子，日本兵的帽子。正好套在手指头上。一根手指套一个，两只手就是十个日本兵。一般只用一只手，另一只手要扮八路军。两军对垒，十指相斗，帽子掉了就算输了。

一个小孩，一个下午，坐在一棵风吹花落的泡桐树下，只用十根手指头，就可以完成多年抗战。

二〇一四年五月十六日

44

来客，小时候是件大事情。院子里好像安静得太久了，一有外人，所有的空气都活泼起来。大人们站起来说话，孩子在人缝里钻来钻去，连大黄狗也跟着跑进跑出，尾巴摇得欢。天天卧着打盹的小白猫，翻身起来，伸个长长的懒腰，踱步走开。终于大家都坐下。姥姥坐在北面床上，客人坐在东面月历牌下椅子上，姥爷坐在西面太师椅上，开始长长的聊天。我坐在姥爷怀里。偶尔，窗外有鸟的影子扑棱棱滑过，我就扭头看看。大半是家雀儿，它们住在屋檐下。不看窗外的时候，就看客人。

有一次，家里来的是一位年轻军人。绿军装，大皮靴。这次我不看客人的脸了，看他的鞋。因为想起来一首儿歌："大皮鞋，咔咔叫。上火车，不要票。"大街上看见有人穿皮鞋走路，钉了铁掌的，小孩子就会尾随，起哄，在背后大声念这几句。如果那人停住，回头看，孩子就笑着跑散。我很想知道，这双鞋会不会更响。客人进门时居然没注意。可是他一直聊天，并不站起来走两步。我还很想知道他是不是坐火车，是不是不买票，可他也不提这件事。也没人问。

正闷着，忽然一眼瞥见，他腰间的皮带上，挂着一串钥匙，钥匙旁边，有一条金属小鱼。没错，是一条小鱼，一片一片的鱼鳞，都是活动的。他说话时，腰间微微起伏，小鱼就跟着动，摇头摆尾。映着窗外的光，一闪一闪。两只眼睛，是红色的小点，活的一样。以前从没见过。我看呆了。

不知多久，忽然觉得委屈，扭头伏在姥爷怀里，嘴一撇，开始掉泪。姥爷纳闷，问：怎么了？自己也不明白，更说不明白，可是抽搭得越发厉害，眼泪鼻涕都蹭到姥爷身上。姥姥也问：这孩子，怎么了？抵死不肯开口。一句话也不说，只是扭来扭去。客人坐不住，也来问：你怎么了？递糖，递果子，摸头，摸手。索性哭得更凶。混乱之中，不忘伸手指了指客人的钥匙。

大家都注意到了。客人拿下钥匙，笑着说：哦，要这个，给你。就要往下解。姥姥、姥爷忙拦着："小孩子不能乱要别人东西。"又对我说："出去玩吧。"我就从姥爷身上出溜下来，出去玩了。哭完反倒轻松了，心无挂碍，该干吗干吗。客人走的时候我都不知道。等再回来，就看见姥爷桌子上放着那条小鱼。是我的了。没人说也知道。虽然有些讪讪的。

又过了两天，姥爷下班，带回来一条更大的金属小鱼。也是每片鳞都会动，拎着一晃，摇头摆尾，只不过眼睛是蓝色的，更大，更有文采。我却觉得无趣，觉得没有那条小的好看。就是那条小的，也仿佛有些失色了。世界上再没有比那天挂在客人腰间时更好看的金属小鱼了：藏在一堆钥匙里，映着窗外的日光，鳞片一闪一闪。

二〇一四年二月八日

45

我两岁时候，二妹出生。这个毫无印象了。四五岁时候，三妹出生。她小时的情形，大概还记得，因为那时候可以帮着哄孩子。比如妈妈洗衣服的时候，做饭的时候，我就被要求坐在小车旁，看着婴儿睡觉。不肯睡的话，还要抱起来摇一摇。一般情况是，抱着的时候，小孩子就更不肯睡了，骨碌着两只黑眼睛，东看看，西看看。这很麻烦，因为她不睡，我就不能走开；不能走开，就不能玩。所以要想办法。

妈妈在院子里走来走去。木头婴儿车停在石榴树下。石榴花正开着，一朵一朵大红缀在绿叶里，很耐看。不过我更想干的是，掰开小石榴一样的花托（硬硬的不太好掰），看里面那些细长的须子。散开的花瓣，揉碎以后就扔了。对面的月季也开着，上面晾着尿布，阳光一晒，尿气混着花香，滚滚而来，熏得人想睡觉，又睡不着。估计小孩子也是这样。来来回回晃车，不睡；抱起来，来来回回晃孩子，还是不睡。我满心焦躁，走来走去。忽然发现，只要离开树荫，走到阳光下，孩子就把眼睛闭上了。试了几次，都是这样。有主意了。把孩子平抱着，自己立在树荫里，孩子的小脑袋伸出去，露在阳光下。孩子果然闭眼。过一会儿还不睁，就招呼妈妈：

睡着了睡着了！妈妈赶紧过来，小心接过去，想放回婴儿车。一回到树荫下，又睁开了。妈妈识破，回头骂我：看太阳晃了眼。

这件事，三妹肯定是不记得了，当然我也不会告诉她。前两年，她的女儿出生，不肯睡觉，她不辞辛苦地抱着，踱来踱去，摇摇拍拍。我忍了忍，还是没告诉她。

有些事情，只舍得让自己知道。

二〇一四年二月十一日

46

姥姥院子里，樱桃树的东边，有一棵核桃树，叶子比别的树都大，除了梧桐。可是梧桐叶不好闻，容易破。所以带根小柄的核桃叶，经常就派了大用场：当小扇子，当小扫帚，剪成各种形状，中间掏各种小洞，或者包小石子、泥，甚至虫子。时间长了手上就有点黏，还有股清苦味，洗不掉。没关系啦，我还玩过沥青，比这麻烦多了，最后洗手要用煤油，还洗不掉。洗衣服也不是我的事。

有一次听姥姥跟别人说："这核桃怎么不结果啊？"那人很懂，围着树看了看说："这是棵公的，要再栽一棵母的才行。"我们都很佩服。姥姥就计划着从什么地方找一棵。说了好几遍。但一直也没找来。或者干脆就忘了。反正院子里有很多树，今儿它花，明儿它果，老不闲着。那棵核桃也毫不在乎，还是兴高采烈长出很多叶子，刮风就刮风，下雨就下雨。我每天摘，依然密不透风。

为了写这个，专门上网查了下，原来核桃不是雌雄异株，而是雌雄异"熟"。一棵树上既有雌花也有雄花，只是成熟期不同，有的雄花先开一步，有的雌花先开，很容易就彼此错过了。君生我未生，我生君已老。君恨我生迟，我恨君生早——真是坑人。本是同根生，何苦这样啊！要不，是也讲究什么"男女同姓，其生不蕃"？那就是植物界的高等文明。难怪如今核桃成了"文玩"，有基因的。

然后就看到了核桃花的众多图片。老天，这哪是花，分明是当年我叫作"大毛虫"的好不好！

原来一直懵懂那么多年。

二〇一四年二月二十二日

47

有一天，刮着大风，下午放学回来，却发现家里锁着门。当时我已经离开姥爷的大院子，随父母搬到镇西新居了。家里一个人都没有，不知去了哪里，门锁着。我就站在门口等。当时真是傻，不知道去找，也不知道去别人家里先避一会儿，就站在风里等。后来邻家的一个小女孩过来陪着我。

天快黑了，作业还没写。新家的旁边是麦场，空荡荡的，粮食早都打完了。只有一台脱粒机，孤零零立在仓库墙边。我们跑过去。脱粒机顶部有一个小平台，我趴在上面开始写作业。台面有点斜，写着写着人就滑下来，再爬上去。天冷，风大，机器的铁皮非常凉。手很快就被吹僵了，指头伸不直，捏不住笔。还是努力写，怕第二天老师骂。脸和耳朵也冷，疼，风锯来锯去的。同伴围了一条长围巾，分一半给我，遮住耳朵和手，马上感到暖和。但人一动就会滑下来，盖不住。还是冷，冷得直到现在，还能记住当时所有细节。

前一段，妹妹的公婆身体不适，妹妹电话里跟我诉苦，说老人住院后，家里全乱套了，班不能上，家不能回，饭没人做，孩子也没人接……最后，她忽然说，我想起你小时候了。跟着姥姥、姥爷的时候，那么享福，一回来，就跟我们一样了。

我也想起来了。但当时，我不知道一直庇护自己的大屋顶，已经没了。只知道自己暴露在寒风里，心里唯一的念头，就是想有一条围巾。

二〇一三年十二月五日

48

有一次，大街上来了一个奇怪的人。先是敲锣，把大人孩子都从家里引出来，围着他看，然后用一根长铁片，使劲抽自己肋下，抽得通红，一条一条的血印子。铁片带着风声，呼呼地响。小孩子都不敢看。然后他放下铁片，抱拳，对四面八方的人说：我妹妹得了重病，弟弟得了重病，谁谁腿都断了，谁谁不能干活，吃不上饭了。——天哪！我从来没有听过这么悲惨的事情，一定要回去，马上把这件事情告诉家里，给他点钱，去他家里看看，让他吃饭。跑得上气不接下气，回到家，呼哧带喘带比画，好容易才把事情讲清楚。却没人着急，大家听了一笑，该干吗的还是接着干吗。没人理我。我干着急，可毫无办法，只好不再回去，不好意思再去见那个人。好几天心里都讪讪的，惭愧。当然，大人总是对的。

家门口还经常来要饭的。大部分是苍山的。有的只会说“大爷大娘行行好吧给点吃的”，就轰开狗，给他半块煎饼或者半个馒头。这是我妈或者我的活儿。然后他就转身去下一家，继续说“大爷大娘行行好吧给点吃的”。这种没意思。有的嘴甜，一说一大套；有的还会唱；还有的会打快板。遇到这样的凤毛麟角，就一路跟着听。有时候一群孩子能跟着这种优秀讨饭工作者走遍大半个镇子。人家也故意先不给东西，多听一段，听完再给。一次来了一个拖子，腿没了，不会走路，坐在两条旧轮胎里，拖着走。真是可怜。可是偏偏被街里几个十来岁的小滑贼看出情形，呼喝一声要打，拖子忽然站起来，跑得飞快，转过墙角就不见了。这件事被笑了很久，每次讲起来，那几个瞧破机关的半大小子，都表情矜严，英雄一样。

这就是我小时候见过的江湖，乡村江湖。

二〇一三年十二月五日初记

有段时间，家门口突然天天来好几拨要饭的。都说是河南的，老家发大水了。后来看了些“七五·八”洪灾的资料，忽然想，是不是就是那群人。山东河南离得很近。有些恍惚。

二〇二一年七月二十二日补记

49

我随父母迁入的小村子，也是从别处整体迁来的，只不过比我家早了二十年。一九五八年修水库，占了他们的老宅。有人不愿离开，当地安置；愿意走的，就都搬到了这里。所以他们走亲戚，要回很远的地方，跟周边村子，反倒没什么交往。语言风俗，也很多不一样。比如玉米，当地人叫“棒子”，他们叫“玉蜀黍”；当地人说“睡觉”，他们说“歇着”；当地人说“被子”，他们说“盖体”；当地人说“水舀子”，他们说“马勺”……一开口，就能听出是山里人。平原人早就花花绿绿了，老太太也剪了齐耳短发，用发卡别上，他们的妇女，还是穿黑灰色带大襟的褂子，挽纂儿，插簪子，绑裤腿，裹小脚，有的还抽烟。

当时村里只有二十来户人家，同姓同宗，算是聚族而居。我家是外来户。因为稀罕，反倒多受了一些格外的关照。这是他们民风淳朴的地方。唯独一件，经常被当地人提起来说笑，就是女人骂街。

丢了东西骂，坏了家什骂，孩子闯祸了骂，看谁不顺眼骂，被惹到了更要骂——不是在家里，是走到大街上，跳着脚，拍着手，边走边骂。一共两条街，从南走到北，再从东走到西，这算一个来回。体力好的，能坚持很多来回。题材丰富，主题多元，语言铿锵，态度鲜明，加上整套动作的娴熟配合，真是精彩纷呈，可圈可点。我以前没见过骂街，也从没想到过，平时走路颤颤巍巍、风吹欲倒的小脚，竟能一跳这么高，砸得地面咚咚响。所以每次听见骂，都会跑出来看。

骂街最经典的保留句式是："谁要偷了我的鸡，咯——喽死你！"要拖长腔，抑扬顿挫，不能平铺直叙，那样就没味道了，威慑力、劝诫力、轻蔑程度都不足。不过直到现在我也不知道"咯——喽"是个什么意思，是表示时间快，还是表示临终状态。但肯定是大大加强了"死"的严重意味。不见了鸡，不见了鸭子，或是不见了衣裳，都可以这样骂。虽然那只小鸡很可能只是出去串了个门，或者去庄稼地加了个餐，一会儿自己又咕咕咕咕走回来了——其实真不回来，八成也是被黄鼠狼拉走了。谁肯为了一只鸡，被别人这么当众作践呢？

别的村子虽无交往，隔得却并不远，鸡犬之声相闻，所以骂街也是能听见的，有时候就有人远远站在村头，往这边看。骂街的妇女就更得意了，骂得也就格外响亮一些，语言尖新，花样百出。

妇女，算是一个家庭的形象代言人；家庭利益受损时，自然也是外交发言人，负责强烈谴责，严正抗议。所以骂大街也算是外交手段之一，公开表明立场。和洗衣、做饭、看孩子一样，都是女孩子从小要修习的必备技能，女红。每次有人骂街，半个村子的人都跑出来，站在门口看。一是观摩学习，再就是显示自己和这件事没有关系，内心磊落。不见得每次骂都有明确对象，有时候就是敲山震虎。若是待在家里不出来，很容易被人怀疑心虚，是过错方。大家也都这样默认。

有一次，一个女人出面骂街。很多人照例看。我也看。在一连串被巧妙问候的亲属称谓中，忽然别出心裁，蹦出了“姥爷”这个词。我当时大为震惊。我一直以为骂街，是向来与我无关的。不管她骂姐姐妹妹，爷爷奶奶，兄弟叔伯，祖宗八代，我都不曾疑心过，谁家没有呢？但这次不一样，绝对不一样——普天下的人，除了我，谁还有姥爷呢？谁的姥爷还经常骑着车子、带着好吃的来村里看望呢？谁不知道我的姥爷呢？——我震怒，感觉无故受伤。从此不喜欢这个妇女。一直不喜欢。虽然按理，我要叫她“婶子”。

到现在都不原谅。

二〇一三年十二月六日

50

大葱，的确是山东人常备的蔬菜，虽然我从没用煎饼卷过，但记忆里，一年到头，墙角里总是竖着一捆两捆。也总有那么一段时间，买回来的大葱格外喜人：葱根白白胖胖，葱叶枝枝饱满直立，青绿可人。偶或一两枝，头上顶着骨朵一样的葱苞，剥去外面的透明薄膜，密密麻麻的小花序披散开来，一朵大花儿一样。咬一口，是甜的。通常舍不得吃，要玩很久，举着跑来跑去。花苞下的葱管，也是好玩具，揪一段，一头含在嘴里，吹得呜呜响。买葱时节，看吧，家家孩子，嘴里都吹着一截葱管，滴着口水，东跑西跑。掉在地上也不可惜，回家再折一段就是。没人嫌弃，葱蒜味儿，就是普通人家过日子的味儿。

长大自然就不干这营生了。所以很多年后，当看到东坡集子里有“总角黎家三四童，口吹葱叶送迎翁”的句子时，心里真是一愣：你怎么知道？——仿佛这个人，专程从千年之前穿越回来，看了一眼我的小时候，又回去，写在了诗里。小孩子是在乎大人的看法的。虽然不明白，但是看得懂大人每一个眼神。纵容或者嫌弃，不必说话，一个眼神，一个动作，小孩子心里就明镜一样了，知道是该走过去亲昵，还是躲开。三四个小孩肯围着一个大人转的时候，他必然是友好的，必然曾经释放过友善的信息，并且被准确接收到了。有的人就是这样，只要一句话，几个字，哪怕是藏在泛黄的书页里，封在深深的岁月里，就足以让你认定，这是自己人，和自己一类的人，声气相通。

朝云失子。在最伤心的时候，东坡先生写过两首诗。一首写自己“老泪如泻水”；一首写朝云，“故衣尚悬架，涨乳已流床”。看到这句，也是傻住。女人那么隐秘的痛楚，原来他也知道。

一直都喜欢东坡文字。喜欢每一篇文章，每一个字。曾经设想过，如果自己到了最后的日子，就哪儿都不去了，也什么都不做了。只留一间静室，案上只留东坡的集子。一页一页，讽诵以终。也曾胡想，假如有过前生，恰巧又生于宋，与坡翁同时，做朝云，大概是没有资格妄想的。最多也就做一个惠州女子吧。每夜闻东坡讽咏，则徘徊于窗外。等到东坡发觉、推窗查看的时候，只好慌不择路，逾墙而去。

二〇一三年十二月十一日

51

我回到父母身边的那几年，住在一个小村子里。这是个新村，因为修水库，从山区整体搬迁到平原，很小，只有二三十户人家，都是同姓，语言风俗也和十里八乡不一样。

在这里，我第一次听到招魂。一天晚上，已经躺下，忽然听见一声闷锣，然后有人拉着长腔喊：“××，回来啊！”又一记锣。爸爸马上起身，我也跟着出来看。不远处，黑魆魆的房顶上，站着一个人，敲一下锣，喊一声。人是我认识的，可声音完全不是了，说不出的压抑，悲伤和凄凉。在夜里，传出去很远。全村都醒了，很多人跑过去。爸爸也去了，很久才回来，说村东的谁谁上吊，已经叫不回来。这个人我认识，他家有五个孩子，上面三个儿子都是唐氏儿，下面两个正常，最小的女儿刚出生不久。我从不敢跟他们家的孩子玩。吊死的是父亲。等到天亮，我也围过去看热闹，女人们在擦泪，男人们都叹气，不说话。后来听大人说，这事也不是没有兆头的。他家后面的夜猫子，叫了好多天了。我并不知道夜猫子怎么叫，但听了这话，好像满耳朵都是。仔细去听又没有。

他们是信鬼神的。平时走在路上，看见旋风，马上就要吐一口唾沫。如果不小心被旋风扑到，会生病。小孩子生病，也不用吃药，去找老太太，叫魂儿。老人去世是“老了”，小孩子夭折就是“跑了”。谁家的孩子“跑了”，母亲免不了是要哭一场的，旁边人就劝：“是儿不死，是财不散。”慢慢也就好了。

秋天，玉米秸砍倒以后，茬根留在地里，有的人家不要，孩子们就去刨出来，敲掉泥土，拉回家当柴火。有一天，我带妹妹去干这个活儿。刨了一大堆，让妹妹先回家叫大人，来帮着拉。妹妹走了，我一个人低着头继续刨。不知过了多久，一抬头，忽然发现，田边的小路上，远处的村子里，没有一个人影，也没有一只鸟飞。一点动静都没有。天色灰沉，四望无垠，整个世界，好像只剩下了我自己。远处几棵杨树，一阵高风吹来，发出呜呜的声音。风过去，重归静止。那一刻，忽然觉得害怕极了。从来没有过的害怕。

好在很快爸爸就来了，我们赶紧回家。过了几天，没忍住，就跟我妈说了那天的害怕。我妈的紧张大大超乎我的预料，她很快请来了村里最老的老太太。老太太抽了一袋烟，先往我脸上喷了几口，然后揽我在怀里，用手摸一下地，摸一下我的脑门；摸一下地，再摸一下我的脑门。口中念念有词。如此几次，说“好了”。然后就让我睡觉去了。

我以为这件事就过去了。一天上学路上，经过这块地的时候，一个孩子忽然说：“这地里紧。”“紧”就是不吉利的意思。我问：“怎么了？”她说：“你不是见过吗？”一打听，我才知道，整个村子的人都在传说，那一天我是看见了不干净的东西，老太太帮我驱邪来了。因为见鬼，我已经是当地“名人”，甚至附近村子的人也知道了。——我自己明白是怎么回事，但跟谁说得清楚呢？

类似的感觉，后来还有过一次。是在飞机上。看着舷窗下连绵不断的白云，忽然想：如果把我一个人，留在这壮观的景色里，留在这碧空如洗、絮峰林立的白云乡，四顾茫茫，空无一人，我愿意吗？当下打了个寒噤。绝不。我要和人在一起。和自己人在一起。没有熟悉亲近的人，再好的风景，再广阔的琼楼玉宇，也没有意义。那一刻，知道自己尘根未尽，俗缘未了。

在这个小村子住了三年，以后就去住校了，从此读的都是科学的书，见的都是昌明的人和事。当时以为，这是告别了落后和愚昧，现在看来，是错过了中国最后的乡村。因为后来再回去，村子也都文明了。上过学的孩子，聊的都是外头的事；看电视的大人，模仿的也都是外面的衣着和言谈。老一套的东西，已经没什么人在意了。

二〇一三年六月十八日

52

又见合欢。

北京街头有很多。老家叫“蒲绒”。一朵一朵粉色的小伞，缀在大簇大簇绿色的羽毛里，花不像花，叶子也不像叶子。

这是我最喜欢的树。看见花开，就该放暑假了，接下来就是漫长的无所事事的日子。阳光永远明亮，蝉音永远长鸣，人坐在树下斑斑点点的光影里，干什么都不用担心时间，困了就睡一会儿，醒来还是明晃晃的白天。

初中时因为建新校，师生曾临时借住在一个废弃的矿井附近。现在想来，条件是很艰苦了，自来水都没有，要学生轮流到煤井里去提地下水。操场边有一个炼焦炉，日夜烟火滚滚。没人认为它会对几百个十来岁的孩子有影响。围墙一角有间独立的小矮房，传说是太平间。这里多年前曾做过医院。道路以外的地方，杂草都在疯长。每天晚上，虫声唧唧，路灯下无数的飞虫，撞得人脸疼。早晨起来，总能看见露天厕所的墙角里，有一小堆蟋蟀的大腿。蟋蟀好斗，我还是学了《促织》才知道。贵人们围在一起全神贯注盯着看的玩意儿，原来每天都在厕所一角激烈进行。

但是，女生宿舍前，居然有两株合欢树。开得正好。我以前从没见过。我家没有，姥姥家没有，周围人家也没有。叶子如此不同寻常，开出来的花，又是那么一种说不出的“娇骄”二气，所以感觉格外高等，珍稀。树很高，只能仰头看看。偶尔风雨，落到地上的叶和花，早已失了在树上的神采，拿在手上，好像也不算数，算不得亲炙。初中女生，已经开始有点小情怀了，每天写日记。也许当年日记里曾经写过、夹过，要回去翻才知道。现在想来，那一段日子，记忆里满满当当的，都是这两棵树，其他种种烟尘乱絮，竟一并都被它红茸的轻灵、绿羽的生机遮去了。

一年暑假，回奶奶家。赫然发现大门口也有两株合欢，满树是花，合抱粗细，不知种了多少年。爸爸说他小时候就有了。以前回去应该也见过，但没赶上花期，不认识，也不留意。当时感觉有点受骗，在我妈嘴里，奶奶家一直都是穷山恶水，我也这么想。但就这两棵树，也堪称太平气象、富贵风流啊！

后来读了点杂书，知道古人喜欢用这种树赠人。种在院子里，可以让人心平气和，捐弃前嫌，不发怒。每年合欢花开，赏玩之余，我都很想拿来赠人，学学古人“聊赠一枝春”什么的，可是不敢，轻易不敢，这名字太暧昧了。所以还是喜欢小时候叫惯的那个：蒲绒。

二〇一三年六月二十六日

53

小时候，很喜欢看我妈洗衣服。平时不太用的大盆、搓板、长条肥皂，都拿出来，院子里一字排开，水哗哗地倒进去。不大会儿，盆里就涌起层层叠叠的皂泡，上面的嗞嗞啦啦消破，下面的又涌起，堆雪山一样。侧着头，迎着太阳看过去，无数条小彩虹，在透明的球面上流淌回旋，漂亮极了。“五彩缤纷”“流光溢彩”这样的成语，天生就该是为肥皂泡设计的。我妈嫌我碍事，赶我走。就拿杯子盛点肥皂水，掰一节麦莛，跑一边儿呜噜呜噜吹得欢。后来有了孩子，看到一个吹泡泡的塑料管居然卖到十几块钱，很不服气，就自己动手做，结果吹出来的泡泡，个头小得多，数量也少得多，很寒酸，孩子不满意，自己也泄气，终究向术业有专攻妥协，买了好几个。

洗到最后，最壮观的就是把整个大盆掀起，剩水哗啦一倾。千沟万壑，满地奔流。后来读书，每念到“底事昆仑倾砥柱，九地黄流乱注”，就会想起我妈倒水的情形。

小孩子都亲水，我后来和水的经历却并不愉快。一进游泳池就皮肤过敏，一直没学会游泳，这个就不说了。小时候，有一次看见水池里有小鱼，就蹲在岸上，伸手去抓，一脚滑了进去。好在水不深，自己爬出来，把衣服脱了，搭在麦秆上晾干，才敢回家。村西有一个水塘，夏季天热，孩子们都在里面玩，我也跟着进去了。犹犹豫豫往里走，忽然踩空，滑进了深水区。脚底无根，手里又没抓挠，整个人就像一个软木塞子，在水里一上一下，沉浮不定。能清楚感到，水漫过嘴巴，又漫过眼睛。一个小孩一把抓住我，拉了上来。

这件事情，如果发生在作文里，就是学雷锋做好事、受表扬；发生在小说里，就是青梅竹马；发生在电影里，可能也是知恩图报、暗生情愫。可惜它只发生在现实中，大家都怕回家挨骂，绝口不提。没人知道这件事。我也是最近才又想起来，意识到这是救命之恩。当年拉我的那个人，没读完小学，后来改行挖煤，听说发了些财。现在不知如何。

这两件事，都是我住农村那几年。乏人照管的日子里，和无数危险擦肩而过，居然平平安安长大。现在想来，都不知该感谢谁。

唯有感谢上苍而已。

二〇一三年六月二十六日

54

今天七夕。

记得小时候，孩子是不过这个节的，也过不了，因为早早就被打发睡觉了。只是听说，夜深时候，躲在葡萄架下，如果一直忍住不吭声，就能听见天上有人说话，还能淋到几点雨。那是牛郎织女在见面，落泪。第二天，总会有一两个半大孩子，神神秘秘地，说自己听到了，又不肯讲具体。只好盼着赶快长大，也能去听葡萄架。

没等长太大，还真过了一次。是做“巧巧饭”，不是听葡萄架。随父母搬到农村不久，一天，邻居家的小姐姐悄悄来招呼我出门。她只大我一岁，但做什么事情都很有经验，我也很听她的。她从家里偷偷带出来小锅、小盆、小碗，嘱我带点儿面粉、硬币、针线。据说整个过程都不能让人看见，所以家家的父母也都假装看不见，由着我们翻箱倒柜。三五个小女孩，手提肩扛，遮遮掩掩，跑到远离村子的野地，找了一处荒沟的避风处，开始支锅，捡柴火，生火，煮饭。

整个过程讲究很多。比如，不能用家里的水，要去小河里打水；不能用家里的柴火，要去周围自己捡干草树枝；锅勺都不能沾油沾盐；不能乱说话；只能一个方向搅锅；水烧开以后，面粉、硬币、发卡、顶针、针线，以及其他一切小女孩能想到的东西，要一样一样放进去……

烧开，灭火，晾凉。然后排顺序，每个人用勺子去盛汤。只能盛一下，不能搅锅，勺子里有什么就是什么，预示着这个女孩子的未来。比如，盛到针线或者顶针的，手巧；盛到发卡的，臭美；盛到硬币的，有钱……忘了我盛到什么。只记得我很想盛到针线或者顶针，希望自己以后心灵手巧一点，但没有如愿。“心灵手巧”，是那个年代，我所知道的对女孩子最高的评价，不像现在，还有“兰心蕙质”“冰雪聪明”“福慧双修”“白富美”什么的，不然也另拿个主意。当时的我，的确是只想要一根针。虽然整个做“巧巧饭”的过程，都要求保密，但盛“巧巧饭”的结果，会很快在村里传开。我迫切希望有人知道，我盛了一根针，并用很赞许的眼光看着我，预期我将来会心灵手巧。因为我妈老说我，笨得五个手指头分不开裆，扣子都缝不住，针脚大且歪歪扭扭，很发愁我将来出嫁以后，会受婆婆的气。人说娘勤女懒，我妈已经够笨，可我只有比她更笨。这让我也很发愁。愁了好几年，后来就忘了。——可惜没有如愿。

那位负责张罗“巧巧饭”的姐姐，顺理成章，一勺就捞到了顶针。另一位女孩，捞到了发卡。捞到发卡的妹妹，果然很喜欢修饰，后来情感路上也很跌宕。捞到顶针的，果然心灵手巧，后来学了裁缝。我前一段回家，她已经开了一个服装厂，雇了很多人，给学校做校服。我呢，当时一无所长，大约只有读书还可以，所以直到今天，还在读书，读印好的书，也读没印好的书。都是寻常人家普通女子，没人走出惊艳的路。

现在回头看，我们每个人，都是被自己小时候的长处，绊倒在人生路上。就地生根，开花结果。几十年了，无论走过多远，都没走出那锅“巧巧饭”。

二〇一三年八月十三日

55

小时候的中秋，记得比现在冷得多。晚上出门，到院子里取东西，要披上棉衣，快去快回。天上一片又大又白的月亮，被风吹得摇摇欲动。所以，过节的印象，大半是在屋里，围着桌子吃月饼。记得五仁是最好吃的，冰糖，青红丝，运气好的话，能吃到大粒的核桃。月饼盒的花纸也好看，红红绿绿，盛装的嫦娥，抱着白兔，飞向盛装的月亮——那种月亮，大约只有仙境才会有，彩云缭绕，金黄圆硕。可惜的是，没法留着，因为总是会有些油渍透出来，暗淡了光彩。

能吃到的月饼，也不知已经走了多少家。自然是要先买几盒，四或者六，用细纸绳系好，晚上，派孩子提着，送到平时相好的人家。现在想来，其他节日送礼，都在白天，好像独有中秋，是在晚上的。我经常被派这个差事。爸爸站在门口，打着手电筒，远远照着我走路。出了胡同，就只有步月了。头顶就是朗朗的大月亮。好在村子不大，要去的人家，拐个弯就到了。到了人家，喝糖茶，吃花生，问寒暖，然后告辞。主人自然不肯把月饼都留下，你推我让，留下两盒，“回”两盒。这是规矩，谁要是都留下了，会被笑话的。然而也不能只送两盒，不给人“回”的余地。不等我到家，转眼人家也打发孩子来了，大抵也是四盒月饼、两瓶酒，对半留下，剩下的“回”了。然后把“回”的和送的月饼、酒搭配成一份，再去下一家。中秋前的两三个晚上，小孩子的任务大半就都是这个。走遍大半个村子的人家，家里还能有几盒月饼。父母屈指算算，该去的人家都去了，不会被谁挑失礼了，这才示意孩子们，可以打开盒子，开始吃了。——你知道，等了很久的东西，不管真实味道如何，总是很好吃。何况不多。

吃完月饼，不能马上睡觉，怕油大糖大，小孩子积了食。那时候没电视，所以就干活。最经常做的是剥玉米粒儿。这个季节，所有的玉米棒子都从地里收回来了，堆在院子里，码在窗台上，拴成串儿挂在树枝上。抱几个进屋，放在篮子里，爸爸负责用螺丝刀或者玉米擦子，沿着玉米粒儿的纵向队伍，开出几条细道，我们再用手搓。干透的玉米棒子非常好搓，一碰就稀里哗啦全掉下来。孩子们比赛，看谁搓得多。爸爸一边搓一边讲故事，讲白娘子喝了酒变成一条蛇；讲一个人夜里打渔，碰到一个人来要酒喝，喝多了跳到江水里，大月亮底下，帮着他往网里赶鱼……

玉米剥完了，变成一大堆玉米芯和一小堆金黄的玉米粒儿，故事还想听。我自告奋勇，披了棉衣，去院子里再拿。抱着满怀玉米往回走，一抬头，看见天上那片又大又白的月亮，正被风吹得摇摇欲动。

二〇一三年九月十九日

56

从夏天到秋天，整个世界忽然变得很好吃。

比如麦子，不待黄熟，只要穗头看上去饱满，就可以摘下来。搓掉青壳细芒，两手互倒吹净，一小把嫩粒儿，填到嘴里。那种甜香，现在想来，是新鲜的草叶，烤熟的面饼，遥远的炖肉，兜里舍不得吃的糖——种种混合，无可名状。只有舌头知道。上学的路，除了小桥，浅河，青草，菜园，两三户人家，就都是麦地。走一路，吃一路。老百姓当然不干了，告到学校。学校派人守在门口，查手心。搓得少的，手心青绿，多的墨黑，都是罪证。当然有销毁证据的办法，进校前，在小河里洗洗就好了。

麦田整片从土地上割掉以后，玉米马上高起来，头上顶着花穗，腰里别着棒子，棒子上一撮红缨，神气极了。当然，对一株玉米来说，漂亮不是第一要义，第一要义是玉米粒要嫩。最嫩的时候，皮儿里只有一包水，这时候是可以直接生啃的。稍老一点，就要用火了。一个人办不了这事，要好几个，还要一个大胆、有办法的带头。从家里带了火种，从地里掰几支玉米，一起躲到河沟偏僻处，找枯草干枝，点起火来烤着吃。虽然往往烤得囫囵焦黑，半生不熟，但总会碰到一块火候特别好的，柴火的热度和玉米的焦香，一起都吞进去。再晚些时候，可以烤的还有毛豆，花生，红薯。好处是好吃，坏处是吃完，嘴边会留一圈黑，指甲缝里也是，洗不净，容易被发现。花生不烤也好吃，缺点是拔出来以后，地面上留一个坑，很扎眼。所以，从容而细心的孩子，吃完会返回去，把花生秧埋在原处，这样不容易被发现。至于第二天打蔫干枯，那可就跟我们一点关系也没有了。

凡此种种，都比不上偷豌豆。可惜种豌豆的不多，我小时候，只遇到过两块风华正茂的豌豆田。满地紫的、白的、粉的小花，蝴蝶一样在绿叶里轻轻扇动。胖胖的豆荚，躲在叶子下面。小孩子蹲下来，也就跟豆秧差不多高了。四面又都是玉米地，绝不会有人看见。放心地摘了豆放在兜里，离开现场后，再一荚一荚慢慢剥着吃，空荚随手扔到路边草里，像水滴落入大河，了无痕迹。脸蛋手心也都清清爽爽，只有口角噙香——雍容娴雅，真是斯文极了。

庄稼有人管，野生的草啊虫啊，可就随便了。我父母在这个方面，简直可以说是无知，他们只会说，这个不能吃，那个不能吃，却不知道什么能吃。跟着那些农村孩子，我很快学会了往肚子里塞各种东西，红的，黑的，软的，硬的，带刺儿的，长毛儿的，树上的，水里的，蛐蛐，蚂蚱，知了，火烤，油炸……有的知名，有的不知名。那些不知名的，现在仍是不知名，也不知哪里去查，虽然样子和味道，还能马上想起来。也许就一直不知名了。忽然想，我们的乡间，曾经遍地神农、李时珍啊，只是他们不立文字，所以也就像所有的高僧大德或者哲学思考一样，终将邈然湮灭，与天地同归大寂。

有天在超市，看见一个十来岁的男孩，学生模样，拿着一瓶饮料、一包饼干在结账，显然是一份午餐的内容。忽然很想冲上去，说：孩子，哪怕换成一杯白开水和一块馒头，也会比这个更好些——因为离粮食更近。当然我没有，因为我还不想当疯子。我也知道，现在的孩子，离我们当年有多么远。我只是一直看着他离开。

去年十一回老家，临走时以带着孩子为由，什么都没拿，但拎了几斤大豆和十几个玉米棒子。没好意思说自己想吃，只说给乐乐玩，在地上滚来滚去开火车。检票员看着这死沉一兜棒子，一直在笑。正是秋收时候，农村遍地满眼都是，房顶上，院子里，窗台上，马路边，到处满坑满谷堆着，黄灿灿的，无人爱惜。但乐乐没见过这阵势，躺在玉米堆上都玩疯了。大豆则是家门口种的，豆荚炸裂，无数豆粒滚落地上，乐乐拿着小塑料盒，一颗一颗捡起来。

好容易拎到家。洗了一把豆子打豆浆。一入口，浓郁的豆香就让舌头融化了。喝了好几年自磨豆浆，都没有这个味道。后来想，也许因为是新鲜的大豆吧。粮食，大概也和一切生命一样，最好的芳香滋味，都留给了初生和年轻的时候。过了这一段，就徒剩躯壳。那些陈粮，已经苍老的粮食，保鲜的、防腐的、种种技术手段加工处理过的，留住的只是躯壳，精华已失，芳香不再。

二〇一三年九月二十四日

57

夏夜，在院子里乘凉，墙根窗下，到处都是唧唧的虫声。走近了去找，明明就在耳边嘹亮着，却找不到。拿电筒照，光到的地方，声音停下，挪开，继续叫。有时用长竹竿乱捅一气，虫们暂时安静了，一转身，又叫起来，挑衅一样。每个夜晚都会这样恼火几回，极想知道这会叫的虫是什么样子，可是毫无办法。秋凉以后，人搬到屋子里，虫们还在窗下唧唧叫着。不知哪一天，才忽然听不到了，只能再待来年。

当时自然不会想到，这无处不在却又遍寻不着的小东西，居然就是白天田里最常见的蟋蟀。跟着大人下田，一脚踏在草里，无数飞虫四处乱射，其中大约一半是绿蚂蚱，一半是黑蟋蟀。田里没有小孩子的工作，所以我最重要的任务就是捉蚂蚱，逮蟋蟀。先折两根狗尾巴草，一根串蚂蚱，一根串蟋蟀。捉到一只串上一只。虫们的后颈上有一个圆环，项圈一样，里面一层薄膜与身体相连，捅破薄膜，穿过圆环，虫们就稳稳当当地挂在草茎上了——和人类锁骨早年的用途类似。

大人收工，我也沉甸甸地斩获了三四串。看无数生灵挤挤擦擦、窸窸窣窣，百般挣扎却无路可逃，真是志得意满。蚂蚱回家喂鸡，蟋蟀另有用途。我父母不肯，邻居家的大姐姐却精通收拾之道。她教我一只只把蟋蟀脑袋拔掉，鼓鼓囊囊的嗉子也一并带了出来，扔掉，剩下的用水洗净，扔到油锅里一炸——好吃极了。最大的蚂蚱也是可以吃的，尤其腹中籽满的时候，烤和油炸都好吃。知了的幼虫也是可以吃的。蚕蛹也是可以吃的。据说豆虫也可以吃，我却不敢。——只是害怕，不为别的，不是像古代的国王那样，动了恻隐之心。

有人说，小孩子是没有同情心的。的确，在我当年的思想里，以为这就是天经地义，谁让你生得小，生得弱，被抓住，就活该被吃。蚂蚁小，就要被捻死；蚂蚱小，就要被吃掉；槐蚕掉到地上，就要被踏碎；喜鹊造了窝，就要被掏蛋……那仁慈的古人，看见一头高大的牛在被杀之前居然哆哆嗦嗦、双眼含泪，就不忍心下手了。我没见过杀牛，也不知道牛会有这样的感情。但杀猪是听过的，因为就在隔壁，所以听得很真切。高高低低长长短短千回百转，若是古人听到，大概也会名之为“哀号”，但我那时未蒙教化，还听不出其中的感情色彩，只是觉得，这种声音，大概也是过年交响乐中应有之一种，凭空增加了很多热闹。何况猪肉很好吃。

所以，假如你已经认定：牛，就是要做苦工的；猪，就是要杀来过年的；鸟，就是要扔石子砸的；蟋蟀，就是要下油锅的；鱼，就是要炖的；蝉，就是要捕的……只要一切各就其位、各安其命，秩序森然，那么“恻隐之心”这种东西，就实在是没有产生的可能，亦无存在的必要。

现在想来，岂止小孩子，一切居于强者地位的，何尝不是希望这秩序永存。兔死，狐可能悲，狮子就不会。

二〇一三年九月二十五日

58

一天早晨，放学回来，马上发现家里不一样了：原来堂屋靠墙摆着的八仙桌，被抬到屋子正中，上面铺着大大的纸，一个不认识的人，正慢慢写。家里人都躲在里屋，或者院子里，小声说话。没人跟我解释是在干什么。我凑过去看，原来刚开始，纸上只有一个尖尖的小角。那人不说话，一笔一笔慢慢画：小小的圆圈勾出来了，跟角连在一起；圆眼睛也点出来了，原来是一只小鸟的脑袋。忽然，他停住，回头一笑，问：你有铅笔吗？我说，有。赶紧找出来，递上。他接过，磨了磨尖，依然慢慢地，画了一撮针，又一撮针，又一撮针。然后把笔还给我，说：快吃饭吧，别耽误上学。

我从没见过这样的事情，很想接着看，但打死不敢迟到，只好匆匆吃了东西去上学。中午放学就往家跑，已经画好大半张纸了。那一撮一撮的小针，原来是叶子。一棵大树的叶子。那么多的叶子，我简直找不出，自己早晨亲眼看着画的那几撮，藏在什么地方。鸟已经画好了，身上一片一片的，不像羽毛，倒像鳞片，是一个一个椭圆的圈圈。唯有尾巴上那几根，格外长一些。他拿出红墨盒，在鸟的脑袋顶上，点了一个大大的红点。我疑心他是故意留着这时候点给我看，但不敢确定。他也没说，所以也许是正好画到这儿吧。

然后我又不得不去上学了。好容易放晚学，回到家里，那人已经走了，八仙桌抬回原处，那么高那么长的一幅画，端端正正，挂在墙中央。画上一棵大树，树下两只鸟。一只鸟回头看人，一只鸟缩起一只脚，单腿站着。两个红脑门，很鲜艳。我盯着看，盯着它们的小黑眼睛，忽然感觉，某只鸟会突然动一下。盯了好久，却没有。于是疑心，在我眨眼的某个瞬间，鸟儿已经飞快换了一条腿站着。所以，这次，紧盯一条腿。但小孩终究没耐性，一会儿就倦了，走了，玩别的去了。过半天想起来，赶紧跑回，却又不记得刚才是哪只脚，只好重新记，盯。同时又怀疑，盯脚的时候，也许另一只鸟动了动脖子？嗯，可能性不是没有。这时就有点发愁，不知到底该盯哪里的好。

雨在下，天在凉。
泥土里的根，不知在做什么。

谦萍
2021.10.9

当然，也坚持不了多大会儿，又被别的事情吸引走了。

那段时间，我经常趴在八仙桌上看那幅画，家里人叫中堂。看很长时间，等着鸟动。过一段时间，习惯了，就不看了。

但一直以来，都觉得这幅画和我有着莫大的关系；我也因为这画，变得格外重要。因为，上头有几片叶子，是用我的铅笔画的。

二〇一三年十月十六日

59

秋天到了，有很多东西，要从田野搬到家里。除了粮食，还有玉米秸、红薯秧、蓑衣草……玉米秸靠在墙边，红薯秧搭在墙上，蓑衣草摊在院子里，你挨我挤，闹哄哄地等着晾干。

大人都下地了，院子成了留家孩子的天堂。单是那浓郁的来自植物内部的香气，就足以闻饱。这个季节，没有饿，或者缺乏。满院子都是蜻蜓、蝴蝶乱飞。大太阳无遮拦地照着。

好吃的，好玩的，处处都是。随便扒拉开玉米秸，总能发现几枝细细的、青中透紫的嫩秆，夹在里面——还没来得及长成，收割时间就到了，扬花戴缨被一起砍倒。根部最甜，撕去长叶，啃掉外皮，嚼着吃，这就是北方孩子的甘蔗了。夹缠在蓑衣草或玉米秸里被带回家的小瓜泡，一串串，青而硬的，可以当玻璃球；黄的放在手心揉，揉到瓜皮透明、瓜肉柔软，有奇香，被太阳完全晒透的那种香气。可是吃起来味道并不好，所以都留着，边揉边闻。

有时候，抱几捆玉米秸，斜立互撑，底下就形成了一个四面透风的小窝棚，躲在里面可以干很多事：打仗、隐蔽、睡觉、乘凉、看画书……待腻了就去跳绳，长而韧的红薯秧，是天然的好绳子，怎么跳都不断。掰下的叶子也不浪费，叶梗很脆，左掰一下，茎断皮连，向下撕一点儿，放手，再从断茬右掰一下，向下撕，再左掰，再右掰，一片叶子就变成了两倍长的绿链儿，心形叶片当链坠。挂在耳朵上，手腕上，脖子上，冰凉，随步摇曳，和金链子的感觉一样。我会做一大把，接成很长，从耳朵一直拖到地面。经常，耳朵上拖着长长的叶链，慢慢地，雍容大度、仪态万方地，走在院中央。鸡一路跟在后面啄。也许以为地上这窸窣滑动的，是什么虫子吧。终于啄断，或者被草根台阶绊断。——现在想来，这大概是我两只耳朵此生唯一的首饰体验了。我没扎过耳眼，怕疼。再说，一直不无迷信地认为，自己全部的好运气，都集中在脑袋上，这尺寸地界儿，可不敢动土。万一坏了风水，一辈子的事儿。

鸡什么都啄，白菜疙瘩也不放过。切菜扔掉的根，鸡们仔仔细细把中间的嫩瓤啄净，只剩下周围的硬壳。这个也有用，捡回来，两边扎眼，系上绳子，就是天然的好水桶。找一段树枝做扁担，就可以挑水了。从院子东头走到西头，西头走到东头，一天不知要走多少趟，挑多少回水——当然都是假装的。

装着装着，就长大了。

二〇一三年十月十八日

60

有时候，我会到爸爸上班的地方小住几天。用爸爸革命浪漫主义的文艺说法，是他第一个把红旗插到了这片土地上。年轻时候不以为然，因为这句话笑他。后来想，这倒极有可能是真的：他是第一批建矿工人，被卡车拉到这片荒地，作为一名新鲜复员军人，又干过文艺宣传，打着红旗走在队伍排头，极有可能。所以，这个画面感极强的主流价值观镜头，完全可以作为信史载入家传。虽然迄今还没人打算写。

我去的时候，没看见红旗，只看见两排工房，面对面，中间隔一条水沟。当时觉得水沟很宽，不想绕远走小桥的话，要爸爸把我挟在胳膊底下，一跃才能过去。——很喜欢这样玩，可是不经常。现在想来，成年人的一大步，也没有多宽吧。

每排工房分好多间。我们和爸爸住其中一间。很多东西和家里不一样，比如，房顶盖着牛毛毡。小炉子放在门口，引火也用牛毛毡。这是个好东西，一点就着，呼呼冒黑烟，还有黑油滴下来，一滴一滴，落在地上，擦不掉。好玩，以前没见过。回去的时候，特意带了一块，送给姥姥。

有一天爸爸上完夜班，在屋里睡觉。妈妈出去了，我守着门口的炉子，很快发现了火钩的秘密。就是一个“L”形的铁钩，用来捅松炭火的。如果放在炉子里的时间足够长，钩头就会变得通红。拿出来，往木门上一戳，“滋滋滋”响着，冒一缕青烟，就钻进去了。待青烟散尽，火钩热退，拔出来，木门板上就留一个黑洞。像钉子敲进去又拔出来。不过比敲钉子容易多了，还没响声。

所以我入迷一样，反复烧，烫，烧，烫。很快，门板就变成这样了：

∷ ∵ ∴ . ∵ ∴ ∵ . ∴ ∵ ∴ ∷

∷ ∵ ∴ ∴ ∵ . ∷ ∵ ∴ ∷

∵ ∷ ∵ ∴ ∷ . ∷ ∵ ∴ ∴

. ∷ ∵ . ∴ ∴ ∵ ∷ ∷ ∵ ∴ . ∷

∵ ∴ . ∷ ∵ ∴ ∵ ∴ ∵ ∴ ∵ ∴ ∵ ∴

∴ ∵ ∴ ∵ ∴ ∵ ∴ ∵ ∴ ∵ ∴ ∵

玩够就不玩了，火钩一扔，干别的去了。过几天有人看见，说一句：“谁手这么贱。”接着走开。没人追究。

等我再去，这片房子没了，当然门也没了。我干过的坏事也一并消失，从此了无痕迹。

写这个，是因为这两天在想，孩子做了大人眼中的“坏事”，一定要骂吗？你看，没人搭理，那么多年，我也没成纵火犯，败家子，破坏狂。如果当时有人出面教训，让我泪眼唏嘘，也许从此被吓住，有一种东西，啪嗒，就停止生长了。至少不愿回忆。

乐乐现在八岁，狗也嫌。我每天都在运气，深呼吸，告诉自己：冷静。并在乐乐爸动手的时候，负责抢先一步冲上去，护住。所以写下这件事，给自己看。

我知道正确的育儿观大概是怎样，可是爸爸动手、妈妈冷艳（不是“冷眼”）旁观，那不是我。如果有人当猫，我们就一起当老鼠。儿子，我们是一头的。

二〇一四年二月十三日

61

有一天，姥爷骑车，送我去父母家。路上经过一条大河，河上有座石头桥。不知为什么，那天的河，特别大。平漫漫的水，从上游铺下来，流过桥洞，哗啦啦啦响着，往下游铺过去，在远处金光粼粼。桥下的水，清浅透亮，看得见石头河底。河边有女人洗衣服，孩子戏水。忽然很想下去，欺负那水的浅。那哗哗声也真是招人。

我小声跟姥爷说。姥爷停下，同意了。要是我爸妈，肯定不让，他们会说“快点走路，别磨蹭”，或者“滑倒怎么办”，或者“看淹死了”，然后等也不等，头都不转，自己一直往前走。姥爷居然同意了。我倒迟疑起来。不过还是很快跑下去。

穿着凉鞋，小心踏进水里，比想象的冰，激灵了一下。适应一会儿，卷起裙子，继续往里走。想蹚水到对岸。才走几步，就感到水越来越急，站不住，几乎要被冲倒。一抬头，看见姥爷，站在桥上。遥远，模糊，像一个小黑点。忽然有点害怕。努力又走两步，像一片叶子，在水里打转，随时可能漂走。真害怕了，慢慢退回来。上桥去找姥爷。

姥爷笑了，问："怎么不蹚过去？"我马上来精神，添油加醋说："啊，那水太急了，差点把我冲跑。"又补充一句，"桥上可看不出来。"姥爷还是笑着，说："走吧。"拎我上后座，继续走。

一路都很开心。

二〇一五年三月十三日初记

上面是前几天写的。一直在想，为什么最后会选择"开心"这个词，虽然当时的心情，在记忆里就是格外开心。昨天忽然明白，在一种宽容到近乎纵容的爱里，你是自由的。你的前进，或者退缩，都不重要。重要的是你愿意。这才是真爱。那些鼓励你向前、批评你退缩的，所有附加了条件的，都不是。

二〇一五年三月十六日补记

62

上高中以后，爸爸大概觉得我算个知识分子了，每年春节，就把写春联的任务交给了我。和官大字好，仿佛一个道理。其实我从没练过，或者说练而未成，小学时候比着字帖描红，墨都涂到线外。汗水和天分，一样都没有。不过这事那么好玩，我当然答应了。家里无长兄，自己就是花木兰。桌上铺好红纸，提笔，凝神，运气，还未落墨，就已经觉得和叽叽喳喳的弟弟妹妹不一样。感觉很好。

就算都是墨猪吧，趴在崭新的大红纸笺上，漆光油亮、喜气盈盈，一头一头，都是神气活现的小胖猪。先写“出门见喜”，这个贴在大门外邻居墙上；再写“抬头见喜”，这个贴院子里最高那棵树上；再写“红光满院”，这个贴堂屋外墙；再写“吉星高照”，这个贴屋里正墙；再写“身体健康”，贴床头。

然后写门联。前面那些小条子，虽然是规矩里的顺序，估计也为了热身。这时候进入状态了，开始写正式的。大门不用我写，因为字太大，爸爸请人，或者去买。堂屋、厢房、卧室，都要有。

那些句子，当年觉得有些迂阔的，现在想来，却是那么美好。比如“天增岁月人增寿，春满乾坤福满门”；比如“向阳门第春常在，积善人家庆有余”；比如“忠厚传家久，诗书继世长”；还有“风调雨顺，国泰民安”，“花开富贵，竹报平安”……都是好句子。温暖人心，满满的正能量。

碗柜上也要有：“鸡鸭鱼肉香，四季味长鲜。”这个很奇怪，既不押韵也不对仗，可是年年都这么写。外面的那些对联，风吹、日晒、雨淋、小孩子抠，早早就褪色了，它躲在屋子一角，反倒留得比较久。往往到了下次过年，原来的鸡、鸭、鱼肉早不知何处去了，它还红艳艳的。但也要揭掉，重新贴。

裁剩下的红纸边边角角，就接着写各式各样的小条子和“福”字。自行车上贴“出入平安”，麦缸上贴“粮食满仓”，衣柜上贴“勤俭持家”，锄头上贴“勤劳致富”，猪圈也要给写几个字，是“六畜兴旺”……平时都不容易，有年大家一起过。

整个冬天，本来都灰扑扑的，院子里没有花儿，也没有叶子。可是等所有的对联、福字都贴上，你看吧，整个天地间都红彤彤的了。鞭炮一响，空气里都是硫黄味儿，胸臆洞开。

满地碎纸，粉白红紫，就是盛开的朵朵小花。再下点儿雪。

这才是过年。

二〇一四年二月十四日

63

父亲喜欢喝酒，喝了话就多，说个没完。所以，经常他一开口我就躲开，早早吃完饭放下筷子走到院子里去。后来长大了，住校了，读大学了，工作了，成家了，回家次数越来越少，终于躲他越来越远。有一次回家，大学的暑假吧，看得出来，他很想跟我说话。我走到哪儿，过一小会儿，他就跟上来。我站着，他也在我旁边站着。

然后他就开口了，说：有一天，晚上下班回来，骑车走在路上，两边都是黑乎乎的田野。路上没有人，也没有灯。只有又高又黑的树，一棵一棵往后走。树外面是黑的田野。骑着骑着，他说，突然不知道自己身在哪里，好像迷路了，四周原本熟悉的风景，突然变得陌生，好像从没到过，方向也分不清了。他心底害怕，只好加紧蹬车，埋头猛往前骑。不知走了多久，隔着小树林，突然看见了灯光，听见我和妹妹的尖笑。熟悉的声音让他一下子踏实下来。——我懂得这场景，孩子吵闹的声音在空旷的夜里可以传得很远，灯光也是。我们的确经常等爸爸下班回家以后才睡觉。他讲得很认真，很投入。但是把“陌生”念成了“百生”。这个是他从来没用过的词。当时我已经是大学中文系的学生。我非常清楚地知道，他想用我的词汇来和我交流，所以变得更加不耐烦，打断他说，那个念“mò生”好不好，扭头走了，留下他一个人站在院子门口。

现在想来，我应该听他讲完，也不应该纠正他。这次回家，看见父亲更加苍老了，还是喝酒，却尽量忍着，不和我多说太多的话。

二〇一三年三月三十一日

64

小时候听过这样一个故事。

一座新的大桥建好了（现在想来，应该是南京长江大桥吧，唯有它的知名度，可以在那个年代，传到那样的小镇），特务们要搞破坏，想了很多办法，都没成功。有一天，桥上来了一家三口，年轻父母带着一个小孩，旅游观光。父母穿得都很时髦。玩了一会儿，拍照什么的，然后，父母走了，把小孩留在桥上。站岗的战士看见桥上有一个小孩，走来走去，没有大人，觉得奇怪，就想去问问怎么回事。一看，这个小孩长得和人有点不一样。是个定时炸弹。马上抱起来，扔进江里。炸弹在水里爆炸。大桥保住了。

讲的人郑重其事，听的人，包括我，都悚然。想象里，那个孩子的脸，就是橡皮一样的材质。

虽然我再三求证了，孩子是个假小孩，但这个故事，仍让我感觉：做小孩，是件危险的事情。随时可能被人变成炸弹，也随时可能被人扔到江里。并且从此，开始对我的父母半信半疑，也轻易不肯跟人上大桥。

二〇一四年二月十六日

65

小时候还听过这样一个故事。

太平间里，每到晚上就有动静。有个大胆的，想看看到底怎么回事。就装成死人，躺到其他尸体中间，一动不动。到了半夜，果然来了。一个死人，翻身起来，手里提着铁榔头，走到各个床前，照着尸体的额头，咚，咚，咚，挨个敲过去。马上要敲到自己了。这个人强忍着不动，不出声。——最后到底是敲得太疼，这个人暴跳起来结果把那个死人吓走了，还是忍着没吭声骗过那个人终于熬到天明——我已经记不得了。当时吓得太厉害，脑门凉飕飕的，手脚发软，完全丧失了理解力和记忆力。

这种黑暗故事，让游丝软絮般的小心灵如何山河破碎、风雨飘摇，讲得津津有味的大人，大概是想象不到的。现在想起来，那种感觉还在。平生最怕鬼故事。还好，接着那人又讲了另一个故事。

还是一个人睡觉，夜里老听见有人上楼，踩得楼梯咚，咚，咚地响。可是从来不见人上来。天天如此。有一天，实在受不了了，决心看个清楚，就在楼梯守着。原来是一只大老鼠，用尾巴偷油，舔完以后，湿尾巴沾上泥土。又偷油，又沾土，天长日久，就结成一个大泥球。走一步，泥球就敲一下木板。他抓住老鼠，敲碎泥球，就好了。

这个故事让我大大放心，但从此，也就经常留心，想碰见一只尾巴上结着泥球的老鼠，帮它敲碎。

好像是谁说过，中国的民间故事，大半不利于育儿，不如外国有专门的童话什么的。如今，我是经常给孩子读童话了，不过一边读一边心里也嘀咕，这种奶油蛋糕一样的粉色温暖系列，虚头巴脑，真的能养好孩子吗？也许我多虑了，孩子所吸收的，其博与杂，远远超过家长有意给予的，像我小时候一样。

那就放心了，随便长吧。

二〇一四年二月十六日

66

冬天的院子是空旷的，安静的。天一下子大了很多。鸟也都藏起来了，只剩下偶尔飞来的喜鹊，和缩着脖子不出声的麻雀。

最热闹的果树，最先落光了叶子。然后才是榆树、杨树、槐树、柳树。一片叶子都没有的时候，所有的树，看起来都差不多。只是有的高些，有的矮些，有的粗些，有的细些。一样黢黑的树干，一样不声不响站着。曾经的热闹：粉的桃花，红的石榴，飘飞的榆钱，成串的洋槐，吹过喇叭的梧桐，挂过灯笼的樱桃……就像一场纷纷扬扬的梦。梦过之后，大地无痕。

人，也总是在屋里待着。守着炉子。吃饭也不能在外面了。

平时吃饭，总是把桌子抬到院子里，就在大门口的槐树下，一片阴凉地里。门口有人经过，一边吃饭一边说几句话。槐树的叶子小，有时候遮不住全部阳光，花花搭搭洒下来。就有光的影子在粥碗里一跳一跳。这个不讨厌，讨厌的是“吊死鬼”，有时候拉一粒屎，也正好掉到碗里，洇成一个绿点。马上捞出来，扔出去，粥还可以继续喝。发现晚了，比如盛粥没喝，晾着，或者刚好有事走开，等回来，就已经化开，是碧澄澄一碗了，只好倒掉。

倒掉也不浪费，鸡们早就等着了。狗不稀罕这个，狗等着骨头；猫也不稀罕，猫等着鱼刺。都没有的时候，碗底子也行。

最好的是槐花开的时候，满院甜香。不光小孩子摘一串生吃，大人也忙活起来，用长钩子，摘一簸箕，熬粥。大人一动手，这件事就是许可的了。摘多少，吃多少，扔多少，都不会被骂，像摘其他花那样。这是洋槐，好吃，姥爷说，国槐不能吃。

槐花落了，结槐荚，冬天落下来，里面的种子一粒一粒的，好玩。槐叶落的时候，叶子被风吹跑了，光滑干净的梗都留在地上，一捡一大把。坚韧柔软，最适合编东西。邻居的大大给我编过小凉席，小笼子，小盒子，甚至小手枪，我玩一会儿，全拆开来看，看完，却怎么都编不回去。

院子现在是空的了。不能在外面吃饭，也不能在外面做饭。也不能在外面玩。姥爷出去一趟，进屋来总是拍打着帽子、跺着脚说，手都要冻掉了，或者耳朵都要冻掉了，幸亏你们没出去。我坐在床上问，什么时候能出去？姥爷说，等天暖和吧，然后在炉子上烤手。

我就等着。我早就知道，有的时候，有些事情，只能等着。什么也不用做。就像院子里那些树一样。

二〇一四年二月十九日

67

在乡下，冬天的田野，也并不寂寞。至少大片大片的麦地，还是青的。就是姜夔说的“荠麦青青”。每年中秋前后收过玉米，种上小麦，长出来的嫩苗就在田里过冬。被霜冻，被雪压，被牛羊啃，被孩子踩踏，一点也不娇气。

我住的村子小，上学要去另一个大村子，冬天的路旁，就都是麦地。确切说，一侧是麦地，一侧是古河道。河道早就干了，一头向北，不知伸向哪里；一头弯曲向南，也不知伸向哪里。都是小孩子走不到的地方。平时长满青草，冬天变成黄草，趴趴着。小孩子走冷了，就生火点着一块，烤烤手。所以河岸边总是黑一块黄一块。到了春天，绿草芽就从这黄的、黑的地皮下钻出来，越钻越多，越钻越密，最后芊芊绵绵，完全盖住冬天的痕迹。

上学路上，要么在河道里跑，要么在麦地里跑。踏坏了青苗，大人这时候是不骂的。不像夏天，菜畦、豆地，都扎上密密的篱笆，防偷吃。麦苗不怕踩。怕的是一直不下雪，或者太暖和，绿苗越蹿越旺，提前把劲儿都使光，等春天的雨水来了，反倒没力气长，结不了大麦穗。

冬天多闲，大人也往往走在地头，或蹲或立，三三两两说话。说哪块地的麦苗出得齐，哪块不壮；哪块要补种，哪块要铲一些。农人的长相，大概都是差不多的，身材不高，面色黧黑，因为抽烟，有人皴裂的食指、中指熏成焦黄。即便不认识吧，表情看上去，也是熟悉的。

只是我想不到，这样一群人里，会有一位是苏东坡。长大后的很多年，一天读到《东坡八首》，其中一首写垦荒、种麦，说：“投种未逾月，覆块已苍苍。农父告我言，勿使苗叶昌。君欲富饼饵，要须纵牛羊。”眼前忽然浮现的，就是那一群，每天上学路上都会看见，面色黧黑，站在地头闲聊天的农人。熟悉已久。

二〇一四年二月二十一日

68

有一年，我和父母住的小村子忽然说要搬迁。因为煤已经挖到房子下面，吃饭的时候，经常能听到从地下传来“咚”的一声闷响，桌子上碗盘跟着一晃。爸爸说，是掘进在放炮。

说拆就拆。一天放学回来，看见房顶上的瓦没了大半。再回来，已经露天。旧房的材料，运去添补盖新房，全家人住在院子临时搭起的三角帐篷里。其时已经十月，冷风从四面八方钻进来，露在被子外面的脸，吹得冰凉。但是从缝隙里，可以看见天上的星星，一粒一粒，冻得激激灵灵，闪烁不定。月亮也又白又硬。很新鲜的感觉。和夏天不一样。夏夜，满天星星一闪一闪，透着懒散和舒坦，好像也在乘凉。

邻居们纷纷来指责爸爸，太没成算了，天那么冷，怎么就把房拆了，一窝孩子，都睡帐篷。现在想来，估计爸爸是想带个头。拆迁总是可以讲条件的，爸爸应该也想，但不肯。当过兵嘛，有觉悟。邻居当然有些悻悻。孩子才不顾那么多，日子一下子不一样了。各种平时找不见的东西，都从犄角旮旯翻腾出来。比如一个彩色玻璃球，玩着玩着就没了，我怀疑妹妹拿出去弄丢了，为这打了好几架，这次从箱子底下的墙角扫出来。家具、衣服都堆在院子里，许多只在六月六晾箱日才拿出来一回的，现在也摆出来。钻进去东翻西翻，大人也顾不上管。过节一样，各种新鲜。

没过两天，夜里，地震了。爸爸吩咐我们别动，接着睡，自己起来去看。全村人都跑出来，站在街上，幕天席地，呼儿唤母。没人敢回屋睡觉。耗到天亮，好多人张罗搭帐篷。房子不敢住了。这回轮到爸爸得意了——先见之明啊！

以后的日子，爸爸完全不考虑低调，逢人便说，逢人便说。再后来那意思，都恨不得说，这地震是他掐算出来的。

二〇一四年二月二十五日

69

有好几年，家里一直在盖房子。先是从姥姥家搬出来，住到镇子西头。不到一年，从镇上搬出，住到爸爸单位附近的小村子。没两年，又随小村整体搬迁。每次搬家，都盖一次新房。

第一次盖房，我唯一参与的重大活动，是跟着大人去买砖。坐车去，回来车上垒满青砖，就只能跟在车后面，一路跑。第一次见到砖窑，那么高的烟囱；第一次见到脱好的土坯，阅兵一样整整齐齐码成大片方阵；第一次见到取土挖出的大坑。真大，站在坑边，看坑底下来来往往干活的人和车，蚂蚁一样。

这个新房很气派，北边六间正房以外，南边还有三间门楼，东边一间做灶房。我妈做饭我烧火。一边烧火，一边用秫秸烧黑的一头在雪白的新墙上点点戳戳，乱画。各种抽象派和野兽派，岩画一样。可惜这灶房不久就拆掉，没地儿瞻仰了。不然也算我流传人间墨宝一件。

第二次盖房，我目睹了整个过程。在农村，一家盖房，简直就是全村的盛事，所有人都来帮忙，所有人都有一技之长：和泥的，砌砖的，拉线的，勾缝的，瓦匠老师手里提着抹子，木匠老师耳朵上别着铅笔。孩子在远处搬砖，老人坐在空旷的房子里，一边聊天，一边扎高粱把子。吃饭的人骤然增多，女人都来帮忙，做饭，送饭。各家各户的锅碗瓢盆，都送到院子里来。到处都有人说话。

最隆重的那一天，是上梁。方言里叫“射匠”，我不知道怎么写，也不知道什么意思。到了这一天，远近的亲朋好友都来了，带着烟酒、果糖、钱物。大概是隆重其事，人人都助一臂之力的意思。风水先生看好了时辰，杀公鸡，放鞭炮，然后十几个男劳力，嗨哟嗨哟，一起发力，大梁就稳稳上去了。场面非常壮观。前些年看过一个西部歌舞片，名字忘了，大意是，参加舞会的姑娘们因为雨或者雪被阻在牛仔的部落里。待到春暖花开，父兄们前来寻人复仇，可是听到婴儿的哭声，于是化仇为亲。非常喜感。其中有一个场面就是俊拔彪悍的牛仔们载歌载舞集体盖房子，好看极了。——当然农村盖房没有这么田园牧歌，但那种壮观充盈的感觉，是一样的。

第三次盖房，因为工地远，我没有去看过。某天放学直接就被接到新家了。那时候我爸组织盖房已经驾轻就熟，财物人力又有拆迁方负责，所以应该是最省心的一次。或者里面的费心，我不知道。

有一回读顾城相关文字，说他在激流岛自己动手盖房子，辛苦操作。很多环节都熟悉。书里女人的想法却不一样，认为房子应该通过某种渠道获得，而不是一砖一瓦去盖——成长方式的原因吧。

我小时候见过的房子，都是自己盖的。所以很长时间都不能明白，自己住的房子，跟开发商有什么关系。为什么非要经过开发商，才能合法。如果不是想敛钱的话。

二〇一四年二月二十六日

70

偶尔，拆房子也有意外的收获。

比如，小村子的新房拆到一半，忽然在地基的石缝里发现了一把铁抓钩。我爸恍然大悟：难怪当时怎么都找不到。接着便悟出更深刻的内涵：怪不得这两年诸事不顺，总觉得后背刺痒，原来有人暗中使坏。——盖房的都是熟人，我爸数着手指头一一排查，看谁的嫌疑最大。我妈力辩其无，说大概只是不小心掉进去的，被泥盖住，人多事乱没看见。我爸不信。这时候他就忘了自己当过兵、信科学了。

也难怪我爸，当地民间，自来有这种厌胜的传统。我小时候就曾听过很多这样的故事。比如：一家人盖房子，给工人吃的伙食很差，说是猪肉炖萝卜，却只有萝卜没有肉。工头很气恼，就趁人不备，把一块萝卜砌到了墙里。这户人家搬进新房以后，夜夜听见有人嘤嘤哭泣：“我的肉肉呀！我的肉肉呀！”后来只好搬家。

还有一个故事，说是菜里倒是有肉，只是没收拾干净，肉皮上带毛。工头顺手把带毛的肉砌到了墙里。主人搬进去后，每夜都听见猪在哼哼。知道被人做了手脚，就好酒好肉请工头吃了一顿。工头酒足饭饱，围着房子转了两圈，指挥工人换了几块砖。后来就听不到猪叫了。

我爸对这类事情一向深信不疑，所以每次盖房，都和我妈兢兢业业，伙食上不敢怠慢。即便如此，也还是出了岔子。请来帮忙的一位奶奶，手忙脚乱，把煤油当醋，倒进了海带里。看着大半脸盆海带，实在舍不得扔，我妈用干净水清洗浸泡了两天，待煤油味散尽，还是打发大家都吃了。这是我亲眼看见的。女人们互相叮嘱着保守秘密，不一会儿，全村的女人都知道了。孩子也是。只有干活的男人不知道，如果他们没长耳朵的话。

我考上大学那年，四方来贺。我爸忽然觉得门口用玉米秸搭建的门楼有碍观瞻，想要重整门庭。一位有见识的亲戚急忙制止说：“你家的风水就在这几捆玉米秸上，千万别动。”我爸深信，当真就没有动。过了好几年，才改成了水泥的。

记得小时候姥姥家修房，从房梁上拆出好几个红木偶。时间久了，朱红褪成淡红，浑身是土。大人们当时都很紧张，说是“赌博鬼”，盖房的时候放进去的。姥姥、姥爷都是慈祥的人，我想不出他们会开罪谁。很多年后父母才告诉我，姥爷是跟部队过来的，以阶级斗争为纲时，正担任区长。

那时我五六岁，第一次真正亲眼见识民间的厌胜之法。不过到现在三十多年了，我的亲戚里，没有谁热衷赌博，连喜欢打扑克牌的都没有。

二〇一四年二月二十八日

71

我喜欢乱种东西，一直。小时候，反正院子大，有的是地方试验。比如，每年春天，把外面能看到的桃树苗、杏树苗，统统挖到家里来。在墙角点过向日葵种子，树下点过玉米粒儿，吃完的石榴籽、西瓜籽、甜瓜籽，也找个地方埋起来。大都跟季节无关，跟忽然想起来有关。想着说不定明天就发芽。

但挖回来的桃杏苗，从来没有活过。向日葵也一直没发芽，这个不会记错，因为每天都挖开来看，最后，看见种子都化成空壳。玉米倒是发芽了，可是有一天跑的时候，不小心全部踩断。终于有一株西瓜秧，因为长在平时倒垃圾的地方，一般没人去，才蔓延了很长，开了黄花，结了小瓜——但确实不是我种的。

上学后，交游扩大，就开始和同学互通有无，各处移栽花苗。同一批小苗，从同一个盆里移出来，两个月后，我那棵还只七八厘米，人家那棵已经蹿到一尺多高，挂满花朵了。很惆怅。但束手无策，不知从哪下手关心。直到成人，陆续买过大批绿植，各路种植指南、营养液全天伺候着，还是难免枯零的结局。所以我无师自通地怀疑，自己是不是金命，克木。

忽然想起，还是有过一次成功经历的。住小村的时候，不知从哪儿弄来一棵菊花，伺候得格外精心：每天浇水，上学前看一眼，放学后也是先去看，恨不得每天数叶子。这次倒是旺相，慢慢长到了一尺多高。可是顶端忽然分岔，六七个芽枝分别往不同方向伸展。底下的瘦杆就支不住了。大脑袋摇摇欲坠，东倒西歪。只好找树棍、细绳胡乱绑上。每次去看，都很担心，同时产生一些哲学式的忧伤：根基如此薄弱，如何承担花开的分量？——花自然像我；根基，就是我爸妈了。他们那时看起来，显然活得手忙脚乱、毫无章法，完全顾不上我。这是我人生第一次，产生如此深刻的忧伤。少年的委屈。不过扭头也就忘了。

因为忽然遇上了拆房，住帐篷。所有人都忙忙乱乱，搬东西，看热闹。不知哪天，才忽然意识到，有些日子没看见它了。平时就摆在窗台下，一个普通小瓦盆，不起眼的叶子，乱糟糟插着小树棍，拆房的人估计没当回事——也许随手给扔了，也许就压在瓦砾下面。

房子一天天矮下去。房顶没了，然后窗户没了，门没了。终于墙基也没了。只剩一堆碎砖瓦。原来的日子，随着原来的房子，一并消失。仿佛从来不曾存在过。

一天清晨，从帐篷出来，忽然嗅到一阵香气。扭头一看，居然是那棵瘦菊。无比坚挺地从碎砖瓦里钻出来，头上顶着一朵碗大的花。丝丝花瓣，四下垂展，宛若金钩无数。虽只一朵，却开得旁若无人。

这是一个极具画面感的时刻，所以到现在我还能记得。

灰瓦白霜之上，卓然而立的这一枝，格外艳黄。

二〇一四年三月十日

72

十岁那年，父母搬家。姥姥不在了，姥爷一个人带不了我，就让我转学，跟父母一起生活。

不习惯。眼睁睁看着自己的衣服被妹妹穿，自己的东西被妹妹用。好吃的不再第一个给我。吵架的话，父母总是偏向小的，训我。我觉得这不是我的家。所以有一天，收拾了一个小包袱，自己走了。

姥爷家在十来里之外，曾经走过多次，路我认识，所以很坚决。不过出发的时候，天已经快黑了。刚走出二三里，路就看不见了。两边都是半人高的庄稼，黑魆魆的，一动不动。天上有星星出来。空气里有小虫子在飞，一闪一闪。地里的虫子在叫。远处矿上的灯，一点一点亮了。回望小村子，一片漆黑。什么动静也没有。我不知怎么办了。找了一棵树，靠着坐下，怀里抱着我的小包袱。里面有我不肯让妹妹穿的衣服，和姥爷找人捎来的零食。

不知过了多久，听见有人叫我的名字。是我妈。我躲到了树后面。我妈一边数落，一边匆匆走过。又匆匆回来，叫我回家吃饭。我躲在树后，一声不吭。

过了一会儿，邻居也有人出来了，叫我。我抱着树，继续不吭声。已经是晚饭后了，路上三三两两有人经过。有的是上矿洗澡，有的是捉虫子回去喂鸡，有的是上夜班。再慢慢地，路上人稀了，风也越来越凉。我觉得自己穿少了，也开始饿。等到再有人经过的时候，就跟着回来了。

我妈什么也没说，妹妹们乱吵吵的，好像什么都没注意到。吃饭，睡觉。过了几天，又吵架，我收拾好包袱，又走了。这次是早上，我妈没有追。我走累了，坐在树下休息。终于看见我妈远远走来，就躲到树后。我妈和别人一起下地。我听见她边走边说："这次我才不找呢。上次是天黑，怕她跑丢了。这次我才不找。"然后就走过去了。太阳高了，肚子饿了。我臊眉耷拉眼，又回去了。以后再也没有走过。

好在两年以后就小学毕业，上初中了。住校，一星期才回家一次。有一天，我妈在院子里，邻居婶子趴在墙头上跟她说话，问："小孩上学走了，你想不？"我妈说："怎么不想？一到吃饭的时候，端起碗来，看见桌子上，跟一窝小燕儿一样，少了一个，就想掉泪，吃不下去。"

我在屋里，听得很分明。拿起书来，捂上了脸。那个时候，我想：“我妈对我，还是挺好的。”

二〇一四年三月十二日

73

有一个阶段，对文字几乎是饥渴状态。小村子书少，抓到什么带字儿的都看：旧报纸，旧招贴，旧包装，旧单据，糊墙的画片，路上捡的破纸……遇到什么看什么。偶尔遇到一本书，不是缺前头，就是少后头。没头没尾，也看得津津有味。我妈意见很大，因为端着碗也看，上厕所也看，走路也看，躺在床上也看。看起来就不吃饭，不干活，不听话。但也只是念叨念叨，并不拿出去给我扔了。

我还看过半截书。不是前半截或者后半截，而是上半截或者下半截，或者中间半截。当地造鞭炮，有一道工序叫“擀”，就是用废纸旧书，像擀面一样，卷成鞭炮的纸筒。要卷得特别瓷实，很费力气。松的话鞭炮炸不响。一些大鞭炮，高度恰好是书的一半，工人就把一本书拦腰切开，十来页擀成一个纸筒。五十或者一百个纸筒排成一盘，然后再封住底端，填火药，捣捻，编捻，一串鞭炮就做好了。可能因为最费力的工序是擀纸筒，所以当地管制作鞭炮叫“擀炮仗”。放完鞭炮，没炸毁的部分，拆开了，就有好多页。运气好的话，页码都连着；运气再好一点，好几个鞭炮都来自同一本书；运气最好的时候，会是一本故事书。每个大鞭炮我都捡起来，小心拆开。这种书看着很辛苦，不仅没头没尾，有时候每行都不完整，上下文的情节全靠大脑拼凑补充。而且一不小心就会卷起来，要不断使劲抚平压住，才可以接着读。但是也读得很高兴。

手里有一本《成语小词典》，都快被翻烂了。并不是好学，因为很多词条的解释，都是小故事。每个词条后面还会附一个例句，口吻宛然，形神俱备，大都是从当时流行的小说里摘出来。可是看不到全书，所以每个句子都没头没脑，都是劈空而来，无依无傍，只能凭空想象前因后果。为了印证当年的印象，我还专门买了一本新版《汉语成语小词典》。果然与时俱进，很多例句都换掉了，但当年的精气神还在。比如这个：“你们俩有点小隔阂，就闹得水火不相容，这样彼此都没有好处。”——谁？出什么事了？再比如：“担架队冒着枪林弹雨往返于阵地和野战医院之间。”还有当年的影子，古风犹存。

最大的财富是一套二十五本的《西游记》小人书，我爸居然给我凑齐了。全村的孩子都跑来借着看，我也从此在那些孩子中间变得飞扬跋扈。后来不知怎么，渐渐就全没了。

那几年，就这样东看西看，肚子里攒了很多断烂朝报。看过一个故事，说一个小孩子，很穷，很饿，偷了一块金表，怕人发现，挖个坑藏起来。第二天去检查的时候，发现那块地上，堆了一垛木柴。然后，后面就没了。我一边奇怪这样的坏孩子也能写，一边满心惦记着那块表，不知后来找到没有。直到上了大学，看到鲁迅翻译的《表》，才忽然明白这个故事的来历。这是运气好的，不管等多少年，第二只靴子终于落下来。更多都是不知所终。比如有一个开头，让我惦念至今，大意是：小明醒来一睁眼，看见门外天已经大亮，哎呀一声说糟了，翻身下床，拔腿就往外跑。——我至今也没遇到下文，不知他那么着急，要去干什么。

惦念至今。

二〇一四年三月十三日

74

小时候，最好的玩伴之一，就是蚂蚁。容易找到，大树下，墙根，屋角，甚至树上，到处都能看到它们浩浩荡荡的队伍。或一字排开，或三五成群。永远都在忙忙碌碌。后来知道北京土话管它们叫“爬爬儿”，真是形象。

我不知道它们会预报下雨，下雨的时候，我更快地躲起来了。但知道它们会搬东西。坐在大树荫下，很容易就能看见一只蚂蚁，拖着一片叶子，摇摇晃晃走出很远；或者拖一粒米，或者拖一条虫，或者衔一粒小石头。小小的身体，奋勇挣扎向前。看的人也跟着浑身使劲。运气好的话，会看见一群蚂蚁，托着一只蜻蜓，缓缓前行。不注意看，还以为是蜻蜓自己在走。

有时候犯坏，用一根草叶拦住，蚂蚁就停下来，晃晃触角，换个方向继续走。再拦住，再换个方向。有时用树棍或者刀子，划一条深沟，蚂蚁走着走着，就叽里咕噜滚下去，再翻呀翻呀爬上来。有时候倒一杯水，蚂蚁伸触角碰碰，伸前腿探探，发现过不去，只好绕很远的路。有时候用草叶戳它的嘴，它只好放下衔着的东西，扭头离开。不久再回来找。反正总是继续走，永不疲倦的样子。孩子自然也乐此不疲。已经忘了谁先放弃，大概总是我吧。专注力从来比不过它。

家养的蚂蚁都是黑色的。野外的蚂蚁有红色的，不好玩，有野性，会咬人。还有带翅膀的，也不好玩，眼神不好，飞的时候总往人身上撞。家里的蚂蚁就好，温顺，干净，整齐，不记仇，干活的时候一声不吭。相比之下，那些被蚂蚁咬住，还扭来扭去、吱吱乱叫的虫子，风度真是弱爆了。

黑蚂蚁的黑，像黑缎子一样，油黑发亮，耐看。所以后来，当我看到古书上把它们称作“玄驹”，只是惊诧了片刻，马上就接受了。马长八尺既然能为龙，这么威风剽悍的小蚂蚁，身材放大两百倍的话，自然也可以称“龙”称“驹”。量词用“匹”。玄驹万匹，对，就是我小时候玩的。

后来发现，我小时候玩过，在方言之外，同样被赋予重大名号的，还有“麦油子”。一种尖嘴硬壳的黑色小虫子，半个米粒大小，平时藏在麦粒或者玉米粒里，不露面。一晒粮食，就乌泱乌泱爬出来，四散逃逸。居然叫“麦象”，大象的“象”。夜间，有时候能听到它们咬粮食的声音，沙沙沙沙，像遥远的风声。想象下，风雨凭陵，万蹄杂沓。古代皇帝的象阵，也不过如此。还有天牛，我小时候，只管它们叫“水牤牛”。天，牛，如此宏大叙事的两个汉字，隆重相遇，居然说的就是那只爬树技术不太好、爬到一半就会掉下来的“水牤牛”，多少有点不可思议。飞行技术也不好，有时候飞到一半，会啪嗒一声落到地上，不知为什么。空长了好大的个儿。

可是没关系吧。不管后来传布人间的名头多么震撼，流垂丹青的用字多么重大，一提起来，我如今首先想到的，依然是它们那躲闪的小眼神，颤抖的小触角，以及一转身就逃之夭夭的小身影。跟“正大庄严”什么的一点都不靠。——这是发小儿的交情。

二〇一四年三月二十四日

75

我小时候，养女儿的人家最怕的，是将来嫁到婆家受气。虽然我妈在大街上和别的妇女聊天，也经常说：“现在什么社会了？都是儿媳妇给婆婆气受，哪有受气的媳妇？”但回到家来，还是马上给我上小夹板儿，进行各种技能教育。比如烙煎饼。我妈说：“自己不会，以后饭都吃不上。”我妈的深谋远虑，当然让我佩服不已，所以也兢兢业业练习。每次烙煎饼，先当烧火丫头，最后剩一点面糊，就自己上手。运筹之际，手忙脚乱。面团滚得东倒西歪，煎饼摊得七分八裂，但总算熟了，能吃。热鏊子烫到手，那是经常的。

高手烙的煎饼，浑圆，平整，挺括，坚韧，存得住，可以当一两个月的干粮。我经过潜心苦练，眼看就要达到这个境界，却忽然离了家，这是后话。

还有烙单饼。这个类似于开小灶。先擀好薄面饼，放在袖珍鏊子上，一翻一正，就熟了。功夫不在火候，在擀工，面薄如纸，挑起来不破。这个好吃，在民间饮食中，地位也尊贵，女儿出嫁，陪送多少张单饼，就代表女儿多少岁，所以又称“岁数饼”。所以也就经常有人家，悄悄少送几张。当年，我对美好未来的全部想象，就是在自己的房子里，支个小鏊子，用鸡蛋白糖和面，天天烙单饼。

还有包饺子，包包子，烙葱花油饼，蒸花卷，蒸肉龙，擀面条，切面叶，杀鱼，杀鸡，甚至杀羊……在十来岁的时候，我全都学会了。行笔至此，忽然深深怀疑，我妈这哪是为我着想，分明是压榨童工啊！

而且事情也没按我妈的预期发展。我很快就去住校了。吃食堂，一吃就是十七年。确切地说，直到现在，还在吃工作午餐。我妈教我的，一样也没用上。在家也不做，因为大家一致认为，我做的不好吃。成家后第一次下厨，唯一的食客当场就崩溃了，冲出门去，逢人便问：你家西红柿炒鸡蛋放醋吗？不放。——可我从小就是那么吃的啊，无醋不欢。争论无结果，却从此就被剥夺了做饭的权利。正好顺水推舟。反正我什么都吃，不管谁做。

北京的大街上，经常看见卖煎饼馃子的，号称“天津”。每回看见，都忍不住暗自摇头：软不塌塌，黏黏糊糊，哪有我山东大煎饼的干脆敞亮，赫赫威仪！同时心中掠过一丝丝怅惘，像落魄多年的响马，一眼瞥见墙角生锈的铁枪。

空怀一身屠龙绝技，世间早已无用武之地。

二〇一四年三月二十六日

76

我妈偶尔会讲起自己小时候的事。比如我生孩子的时候，她忽然想起来：“我小时候，有好几个银镯子，都让你姥姥送人了，不然放到现在，可以给你们。”这个我信，虽然同一时代，我爸穷得要饭。我妈住的，是一个很大的院子。我小时候，墙角还扔着很多美人花卉的旧胆瓶。

我妈说，她小时候，赶上平坟运动，跟着胆大的跑去看。棺材里的人居然还是好的，她捂着眼没敢看。挖出来不少好东西，金的银的，穿的戴的，滴喽八挂。拉回来，都堆在东厢房里，没人敢要。再后来，就不知哪儿去了。

我妈说，一九五八年挨饿的时候，姥姥正在仓库做保管员。每天在裤腰里藏一点粮食，带回来熬粥。没有柴禾，就把跟大雕花木床配套的脚踏板劈碎了，一点点烧。

我妈说，有一次她听说十几里外的夏镇街上，有卖香蕉的。从没见过，就和女伴一起走路去了。问了几家，果然有，买完，直接就放到嘴里咬。旁边的人都笑了，说：闺女，要剥了皮才能吃。——我妈说，她当时不好意思极了。

我妈说，小时候，邻居家的大叔跟她开玩笑，说：“等你将来出门子，我去送你。”我妈说，当时就不明白，什么叫出门子。我天天都出门儿啊。

我妈上过学，识字，能看很多书。记得小学时候，我好容易借到一本《古代戏剧故事》，有《窦娥冤》。紧催着还，就学校看，路上看。吃饭的时候，我妈看见了，拿起来就没放下。我吃完饭，等着上学，等着还人书，可我妈一直不给我，自己看。我急了，嘟嘟囔囔，要哭。我妈也急了，使劲翻了几页，把书丢给我，说：“拿去吧，拿去吧！”这是我妈第一次跟我争东西。

我妈年轻时候的照片，大眼睛，有两条齐腰大辫子。生好几个孩子了，还有人叫她“银环”。

我一直以为我妈小时候就是整天游手好闲。可是我妈说，她小时候也干活，半夜起来，和我舅舅一起推磨，摊煎饼。不是后来我们吃的那种，而是把推好的面糊放得发酵了，变酸，摊酸煎饼。我从来没吃过这种。无端觉得可能很好吃。

就像我妈的小时候，听起来总是很好。像一段永远回不去的盛世。与怀旧有关，与真相无关。

二〇一四年三月二十七日

77

小镇有一座桥，桥西有一个水坑。一次我从坑边走过，忽然意识到，里面有鱼。水面动了。

我盯着水看。却总在眼睛的余光里，有个小黑脑袋一冒，又骨碌沉下去。马上转头，只剩一圈圈水纹，若无其事地扩散，渐至消失。而另一个地方，又有小黑脑袋，咕嘟一冒，沉下去。偶尔有胆大的，翻身跃出，就是哗啦一声水响。可惜我总是来不及，等听到声音再转头，通常只看到空空乱动的水。

看样子应该是很多鱼。忽然很想捉到一只。离得很近，水也不深。我试着往里走，怕鞋湿了，又退回来。手无寸铁。只有一个装草的小篮子，没用。铲子也没用。树条也没用。小石子也没用。身上的衣服也没用。只好想，等有一只游到我的脚边，我两手捧住；或者翻身跳到岸上，我捡起来。可是都没有。那天下午，我一直在坑边转来转去，足足一个下午。天都快黑了，才空手回家。

这是我第一次特别想要一种东西，却完全无计可施。印象如此深刻，委屈，所以不久就写在了作文里。二年级的作文吧，歪歪扭扭，错字连篇，好几个字是用拼音代替的。作业本发下来，看见老师写了一句红笔批语："生产队的鱼，怎么可以随便抓呢？！"

完全意料之外。仿佛是来自另一个世界的声音。

虽然一时反应不过来，却也明白，这是权威，不容置疑。此处理应羞愧，可我还是想要小鱼。

二〇一四年四月十日

78

有次家里来了一位客人。姥爷指着，含笑对我说："你不记得了？上次去看杂技，你睡着了，他一路抱你回来。下大雪，淋得像个雪兔子。”

真不记得了。就是那个人的样子，现在也毫无印象。却无端觉得，有一个画面很清晰：一只大白兔子，竖着长耳朵，在雪地里一蹦一蹦往前走。也还记得一些杂技的片段：很多人纷纷挤上一辆自行车，满场绕圈。其他都不记得了。但姥爷说有，就一定有过。

所以，现在我对遇到的小孩子一般都很友好，慈祥。谁知道将来在人家的印象里，我是兔子还是老虎呢？我是谁不重要，重要的是那一霎给予他的稳妥和安宁，以及如果有再见，那种天然的亲近感。

二〇一四年四月十四日

79

前两天，微信上看见师妹贴春天野花的照片。有一种叫地黄。看完激灵一下。

这花，我是跟父母搬到乡下以后，第一次见。

乡下的房子，都建在荒地上。我家最后搬来，盖在村子东南角。东面和南面没有邻居，一眼望去，全是不见人烟的沙土地。院墙还没来得及垒，就搬进来了。

围绕村子的，是浅浅一道壕沟，大概就是古代城池遗意了。但是没有水。所以野草也顺着沟沿长进院子来，野花也开进院子来。下雨的时候青蛙跳进来，收庄稼的时候蚂蚱跳进来。甚至有时候半夜，小偷也溜达进来，有次拎起鸡笼子就走，鸡们扑扑棱棱不乐意，惊动了村里早起的人，一路狂追。终于在好几里路以外，把小偷扔掉的鸡笼子，又给捡了回来。众鸡完好。这时我还没有起床，听见大家在院子里叽叽喳喳议论。

乡下有许多以前我不曾见过的东西。比如各种野草花，包括地黄。地黄只长在野地里，坟地里。家里很少有。一次剜菜，一位婶子忽然指着一棵草，说："这个不要碰，能把人的魂儿带走。一个女的去解手，茅厕里有这种花，不小心踩了。回到屋里，她的孩子就死了。"当时听得我血液凝固，全身骨头一根根锁住，手脚动弹不得。再不敢看那软趴趴毛茸茸的叶子，和带细刺暗血色的小喇叭花朵。就是地黄。当地叫笼子花。

直到现在，我一看见这种花，都如同看见魔鬼的脸。虽然早已知道是无稽之谈，但童年时代，野地洪荒里的那一激灵，惊怖感觉，保留至今。

二〇一四年四月二十日

80

我们搬去住的小村子，是从库区搬迁来的。良田早被附近村庄占完了，所以能分给他们的，都是沙土地，要开荒。我曾跟着我妈去开荒。主要是把地里的乱石子捡出来和刨茅草。捡石子好玩。捡出来的石子形态各异，有的如假山石，可以摆着看。更多时候是挑一些大小合适的，玩抓石子，或者走格子。每个女孩子都攒一大堆。

刨茅草就更好玩了。茅草叶子很结实，不容易扯断，带细锯齿，扯的时候很容易把手拉出口子；但茅草的根都是连在一起的，刨起来一棵，使劲一扯，连络不断，一大片白生生的根都扯起来了。所以后来读旧书，看到“诛茅”“拔茅”“芟茅”“刈茅”之类的词，就会想：这活儿我也是干过的呀。最重要的是，茅根能嚼，甜。样子和“非典”时候流行一时的折耳根（鱼腥草）完全一样，但味道天壤之别。人们一边干活一边嚼茅草根。地里到处是嚼罢吐掉的一团团的白色根渣，像牛或者羊嚼过的。

茅草能吃的东西，还有春天初生的嫩芽。几片细叶里裹着一根膨胀的粗莛，抽出来剥开，里面是雪白的穰，甘脆柔滑，好吃。上下学路上，孩子们就沿着沟边找，运气好的话，能抽十几根。变老吐絮就不能吃了，跟芦花一样。

后来读了书，才知道这东西居然就是《诗经》里说的“柔荑”。据说古代有位美女：“手如柔荑，肤如凝脂，领如蝤蛴，齿如瓠犀，螓首蛾眉。”可惜不管她透过几千年的文字如何“巧笑倩兮，美目盼兮”，也不管老先生们解释得如何天花乱坠，一想到她脖子像白乎乎的天牛幼虫，牙齿像葫芦籽儿，脑门像知了，眉毛像灰蛾子，我就没法觉得美。反倒感觉，这是从《西游记》里走出来的，妖精！

二〇一四年四月二十日

81

对坟的禁忌，一直都有。每个村外都有很多坟，坟旁有树，树上有知了，但小孩子从来不去那里玩。偶尔经过，脸也要扭过去。坟旁的树，叶子不能摘，坟头，更是不能踩。清明祭祀，大人烧纸，摆上酒杯、香烟，念叨什么，待一会儿。小孩子也只是远远看着。飘飞的纸灰如同一只只黑蝴蝶，不像是人间的东西。

有一天晚上，天很黑了，爸爸骑自行车带我回家。

不记得去干什么，回来这么晚。我坐在后座上，爸爸在前面，一面蹬车，一面间或跟我说几句话。不说话的时候，我就向四周乱看。偶尔经过村庄，大部分时间，路两边都是田野。应该秋末或者春初吧，田野里光秃秃、黑魆魆的。只遥远的地方有几点灯火。

忽然看见不远处的黑暗中，有几点蓝的、白的火焰在跳。飘着。跳来跳去。当时读过点杂书，猛然间已经模糊意识到可能是什么，但仍忍不住失声，大声问爸爸："爸爸，那是什么？"爸爸扭头看了一眼，说："哪有什么？什么都没有！"脚下却明显紧蹬了几下。好在远处已经能看到人家的灯光。大家心里都踏实。后来爸爸一路都在哼歌。

爸爸当然知道我看见的是什么，但他不说。我也知道爸爸知道，我也不说。

二〇一四年四月二十一日

82

我小时候，大概是有一点运动感统失调症。跳绳不好，毽子也踢不好。在家里自己玩得热火朝天，一出门，到了有小朋友比试的场合，就拙得不行。手，脚，毽儿，绳，没一样听使唤。怎么努力练都不行。总是踢三五个，毽子就飞了；跳五六下，绳子就绊脚了。别人笑，自己也跟着笑。

到了上学，还是这样，体育一直不好。幸亏考试还行，别人不太嫌弃，玩的时候愿意带上我。通常派我当“两头毛”，就是比赛的时候，我两边都上，这样哪一方都不至于损失过大，失衡严重。这种时候，心里总是很感激，也很卖力。有时候，人家直接就不叫我了。也有时候，自尊心突然发作，死活不肯参加，只围观，或者一个人悄悄溜回去看书。

小时候这种情形，对心理的影响，真是太大。那种感觉至今都在。只要处身在人群中，就会觉得，自己是最笨的那一个。手足无措，不知该如何应对。怕应酬，怕见生人。

现在说这个，好像有点攀附的嫌疑，因为有位大佬，也刚刚表示了自己怕见人，缘于童年阴影。看来是富贵病了。与有荣焉。再后来，知道这种情形有个特定的名称：社恐。

二〇一四年四月二十三日

83

镇子南北大街上，有个邮电局，门边墙上刷一片长方形红漆，上写两列黄漆大字："要团结，不要分裂。"从邮电局旁边的路口，往东走是一条胡同，经过地主家：门前有棵枣树，老太太在前街卖茶；麻子家：从又矮又塌的土墙望进去，房门总是锁着的；左转，左手是谁谁家，名字我忘了，只记得新娘子很新，衣服、门帘都是新的，给过我一条红缎条，帮我梳过小辫儿，但不久就死了，所以家里大门也一直是锁着的，墙头长着高草；右手就是小鸾家，她爸爸会杀猪，会拉脚，会种黄瓜；再右转，经过小鸾家后墙，大兰家后墙，就是姥姥家的院子了。

院门是木条拼成的栅栏，虽设而常开，进出方便。本来也不为挡人，一推就开了，能挡得住什么呢？象征性的罢了。大黄狗在木槿树下睡觉，听见人来就会摇摇耳朵。很少抬头，因为生人很少。猫也在睡觉，卧在门前的青石板上。窗下的青石板，被雨点砸出一排大大小小的坑。没人说话，大约都在午睡吧。

石榴开着，月季开着，木槿开着。枣树绿着，梧桐绿着。核桃树闲着，樱桃树闲着，桃树也闲着。只有老榆树不闲，上头住了一窝喜鹊，偶尔喳喳几声。飞来踏枝，树叶乱晃。不知谁家蝴蝶飘来，摇摇摆摆飞几圈，又飘到别人家去了。知了一直在叫，明晃晃的阳光下，从没有停过。

想象里，这个院子一直还是在的，就这个样子，一直停留在那条小巷的深处，安静，平稳。但三十年了，从没回去看过。有过机会，都放弃了。生怕一看，记忆中的一切，如同水中的影子，波纹漾过，就此破碎。再也无法复原。

所以宁愿不回。

二〇一四年六月四日

84

我弟出生那年，我爸在门口栽了一棵楝子树，筷子粗细，半人多高。说，等我弟结婚的时候，可以打一张床。楝子，连子，寓意吉祥。

楝子树慢慢长得茶杯粗细，小胳膊粗细，大碗口粗细，终于长到两只手拢不过来。我弟也从满地乱爬，长到会爬墙，爬树；长成半大小子，噌噌几步登到门楼上，四处张望。

这时，楝子树已经高过门楼，浓密的树荫遮去门前大片空地。春末花开时节——后来才知，这是二十四番花信风的最后一信呢——地上落满细细碎碎的紫色小花。到了夏初，刚结成的小果实，又青又硬，可以当弹弓子儿，能把鸟儿打下来，不小心打到人身上，生疼。还可以当抓子儿，当弹球。再过些日子，果实熟透，就变得又黄又软，一捏就破，玩不得了。这时候，经常有不认识的鸟儿飞来，一粒一粒啄着吃，留下或者带走白白硬硬的核。不知落到哪里，又长出新的苗苗来。

前两年，我弟结婚了，新房里买的是席梦思。楝子树还长在家门口。可是根太深了，把院墙墙基拱起来；树冠也太大了，压到房顶上。每到连阴天，就有墙塌瓦落的危险。一次爸爸打电话来，说终于把楝子树砍掉了。小树枝晒干烧了，大树干打算卖掉，或者也当劈柴烧了。我赶紧说："别卖！给我留着！我要！"我爸说："好好好！"

放下电话，才开始想：我能放在哪儿呢？

二〇一四年六月六日

85

姥姥的院子里，有一棵枣树。大家都叫它枣树，我也叫它枣树。可我并不知道它和枣有什么关系。因为它从来不结枣。甚至花也开得很小，简直就不像花，细细碎碎的，颜色也和叶子一样，不等人注意，就没了。

我注意它，是因为有一天，姥姥忽然说：“这棵树疯了！”抬头一看，果然，一大簇叶子，不肯好好长，突然变得又密又小，像一团蜂窝。树枝也扭扭曲曲。大家都不知道怎么办。没看见时，不觉得怎样；一旦看见，就觉得丑，碍眼。所以有一天，找人把这团疯叶子钩掉了。可是过一段，新的长出来，还是疯的。时间一长，看顺眼了，就没人管了。

其实梧桐树也会疯，长着长着，疏疏朗朗的大叶片就突然变密变小，挤成一窝蜂。但是太高，就没人管它。随它去。

有一次去爷爷家，才知道枣是枣树上长的。作为一棵枣树，多少还是应该结点枣子。青的红的，缀在叶间，这才是正经事。那一次，爸爸拿着长竿子，一下一下打那棵树，枣子一粒一粒掉下来，在地上蹦蹦跳跳，滚开，藏进石头缝里。但终于被我找到，擦一擦，吃掉。

也是那一次，我爸告诉我，有枣没枣打一竿子，准没错。

二〇一四年六月六日

86

每年开春，院子里总会多一些小鸡，黄黄白白，小绒球一样满地乱滚。有的是买来的，有的是我妈孵的——随便抓一只想抱窝的老母鸡，有的是，关到缸里，盖上盖子，缸里早就摆好了一圈鸡蛋。蛋是我妈一个一个精心挑的，对着太阳看半天，才放进去。这个缸是不让我们靠近的。二十一天后，会有小鸡啾啾叫着，从蛋壳里啄个洞，挤出来，浑身湿漉漉，摇摇晃晃。这二十一天里，我妈也没闲着，每天晚上，等我们睡下，移开缸盖，拿出鸡蛋，一个一个在灯下照。不顾老母鸡咕咕咕咕抗议。大部分照完放回去，有的就不放了，第二天炒给我们吃。很不好吃。现在还记得，半夜醒来，迷迷糊糊间，看见我妈灯下照鸡蛋的样子。为什么选夜里，我想还是怕我吧。

二十一天很准时，但如果代孵了鸭蛋，就更辛苦，要被多关一个星期，因为鸭蛋二十八天才破壳。鸭子自己从来不孵蛋。母鸡也没意见。所以有时候，小鸡的队伍里会跟着几只小鸭子。老母鸡一视同仁。那么多母鸡想抱窝，被选中的真是荣幸。没被选中的才可怜，一卧下，大人就吩咐我们用小棍赶起来。赶几次，母鸡好像就忘了这件事，乖乖接着下蛋去了。

等小鸡都孵出来，老母鸡立刻就威风起来。带一支指哪儿打哪儿的童子军，昂首阔步在院子里东冲西撞，横行霸道。我们都要绕着走。这时候，小鸡们才是最重要的。有一次，我不小心踩到一只，小鸡吱啦惨叫一声。我妈在屋里，大声问：“怎么了？”我说：“没怎么。”我妈说：“我都听见了！”话未完，人已经在院子里仔细查看了。一边查看一边絮叨。好像小鸡才是她的孩子。

小鸡真是受宠啊。老母鸡在月季花下，使劲刨土，刨出什么好吃的，小鸡们一拥而上。这边翻腾完了，再转到石榴树下。每棵树底下都被刨得乱糟糟的，松土抛洒得到处都是。没人管它们。吃饱了，找一处阴凉地方，老母鸡卧下，小鸡们都钻到大翅膀底下，睡觉。谁的小脑袋探出来，老母鸡都扒拉回去。谁要是敢惹它们，看吧，准被老母鸡追得满院子跑，跑慢了就被叨一口。疼。所以后来我才不去惹。

老母鸡的警惕性很高，有时候谁什么也没干，就忽然咕咕咕咕乱叫，正玩得好好的小鸡，骨碌碌小绒球一样，从四面八方滚到她身下。她伏下，张开翅膀护住，抬眼望天。我也跟着看，除了蓝汪汪一片，又高又远，什么都没有。

后来看书才知道，天上可能有老鹰或者鹞子。即使没有，千百年的本能，也让她以为天上来了天敌。过一会儿，警报解除，小鸡们又四散开来，各干各的。老母鸡依然警惕四顾。

现在想来，那蓝汪汪的天上，也许真曾有过一个悬停不动的小黑点，只是我没看见。或者看见了却没注意。

二〇一四年六月十二日

87

不等指甲花开，我就开始着忙了。花一开，就更加忙。天天跑去看邻居姐姐有没有空。站在门槛上，看她烧火，或者缝扣子。

小的时候，姥姥、姥爷放任，父母无暇，我一直觉得，自己幼教缺失严重。什么都不会干。用我妈的话说，是“笨得五个手指头分不开”。所以，邻居家的大姐姐，对我来说，就是神一样的存在。她什么都懂，什么都会。知道哪儿能找到可以吃的甜草，知道怎么移活一棵花，知道纸币比钢镚儿贵，也知道怎么用凤仙花染指甲。我总是远远地观察她，悄悄地崇拜她，小心地接近她。她对我，可是有点漫不经心。

指甲花一开，情形就不一样了。她也要用到我了。

染指甲可不是一个人能完成的。而且，我家橱柜里，有一大块明矾。没有明矾，染出来的指甲不鲜亮。原理不懂，事实在那儿，大家都知道。她家没有明矾。也没有妈妈。

先掐几朵花儿，配上十来片叶子，再掰一小块明矾，放在一起。找一块石板放上去，用小石头捣碎成泥。挑一点儿花泥，涂在指甲上，要涂满。盖不住的地方不会变色，不好看。然后用蓖麻叶包住。一定要用蓖麻叶，也不知为什么。最后用细线缠紧扎住。就这个环节，需要互相帮助。大姐姐灵巧一些，用嘴咬着一端线头，另一只手拈住另一端，也能给自己缠上，我就不行，必须求人。耐心地先等大姐姐自己涂满扎好，然后把剩下的花泥，涂到我的指甲上，一一绑好。一件期待已久的大事，就算郑重完成了。通身是花草新鲜汁液的味道，青苦涩甜。

染指甲一般在晚上。十个手指头都缠上，除了睡觉，就什么都做不了。而且睡一夜，晕染的时间足够长，颜色也深。有时候等不及，白天也染，就只好擎着两只手走来走去。终于还是不小心碰掉，指甲上就只淡淡一层颜色，聊胜于无。

一觉醒来，尽管睡梦中百般小心，指甲上的绿包还是不知蹭到哪儿去了。赶紧先看指甲。果然红彤彤一片。只是经常不均匀，有时，连指肚也是红的。

即便红色狼藉吧，我也举着手到处让人看。这一天，阳光变得粉红，空气有些甜蜜。每个手指头，都想单独翘着，展示尖端那一抹花的红。

仿佛是神赐的小小荣光。

二〇一四年六月十三日

88

有一天，不知为什么，醒得很早。

天是蒙蒙亮的，人还都睡着。远处有鸡叫。檐下的小鸟也在轻轻嘀咕。躺不住，悄悄起身，开门。忽然遍体一凉。夜的凉意，还都停在院子里，没有散。太阳没出来，残星还在天上。东边可是透出点粉红了，不过大半还是书上说的鱼肚白。

高高的梧桐树，叶子一动不动。头顶的天还是深蓝。谁家好像有人说话，再听又没了。我抱着胳膊，凉。一步步往外走。院墙很矮，临时垒的，石头上爬着牵牛花，一朵朵开着，颜色不甚分明。还有豆角秧。门外是大片庄稼地，远处的路边，一排高杨树，像剪影。

我不停摩挲着凉胳膊。已经走在门外的路上。没有一个人。整个村子还在熟睡里。前面只有淡蓝色的雾气，笼罩着整条路，走近了却又没有。抬头看看，都浮上去，升到树梢顶了。等我走过，再慢慢落下来。路边草叶，挂着露水，打在脚上，也是凉的。

往北拐个弯，走几步，就上了大路，村子里唯一的东西向大路。路中间有一座石碾。我爬上碾台，坐着，马上又跳下来。冰凉，冰到骨头里。这是白天最热闹的地方。现在没有一个人。昨天别人碾过，没扫干净的麦粒，豆粒，玉米糙子，盐，甚至辣椒皮儿，还都留在碾盘的石缝里。也像睡了一觉，还没醒。只把各自的味道留在潮湿的空气里。

接着走，石碾的东北就是大队院，村里最大的院子。没有墙，平地宽敞，很多树。我眼尖，一眼就看到，有棵树上，一只知了正在蜕皮。淡黄的身子从壳里努力探出来，像个小发动机，飞快地抖动着，能听见轻微的嗡嗡声。一把抓下来。在手心里，它还嗡嗡抖动。我使劲一摘，帮它从壳里脱出来。小身体立刻蜷成一团。可怜它的翅膀是伸不直了，像两团小小的湿纱布。我早就知道这个，可是不在乎。

这个意外收获，大大鼓舞了我，一棵树一棵树，仔细从下往上、从上往下看过去。大部分知了都是勤奋的，早已脱壳飞走；个别动作慢一点，也已经爬到高处，安全地等待翅膀慢慢伸直，颜色慢慢变黑——我够不着。只找到几个知了壳。这也不错。正想装兜里，一低头，才发现自己只穿了一件睡衣，光着脚。

赶紧往家跑。路上碰见一个生人，奇怪地看我一眼，没说话。跑到家，所有的人还都没有醒。喇叭花，梧桐树，还都跟刚才一样，只是亮了一点。狗和猫，也都卧着。

所以，这些，都是只有我自己才知道的事。

二〇一四年六月二十六日

89

记得小时候，最不喜欢吃的水果，是梨。苹果有多好吃，梨就有多难吃。皮糙肉硬，满嘴的果渣，不知该吐出来还是咽下去，像含一嘴沙子。小孩儿吃完东西受凉，胃里翻腾冒泡儿，不舒服，当地方言叫“líxin”，我一直认为这个词应该写成“梨心”，因为那感觉，像梨一样坏。

最不喜欢吃的蔬菜，则是菠菜。红色的菜根，不小心咬到嘴里，必须吐掉。世界上居然有那么奇怪的“甜”。糖的甜，是软糯的，亲切的，欢快的，响亮的。菠菜根的甜，说不出的歪门邪道，软烂黏糊。一旦碰到，浑身倏忽一下，跟通电一样，扭来扭去地不舒服。长大后每逢碰到皮笑肉不笑、甜言蜜语、笑里藏刀这种词，都会想到粉红色的菠菜根儿。

还有茴香，那就不应该是人类的食物。当然这都是小时候的事。后来，什么都能吃了。不知不觉间，日渐长大的身体，已经和时光，以及整个世界，达成了妥协。

所以很奇怪那些为了健康或其他名义，强迫小孩子吃某种蔬菜的家长：你了解孩子的感觉吗？如果不了解，为什么要强迫他接受？那么小的孩子，一根菜，都是不能跨越的山，不能征服的世界。慢慢来，着什么急呢？

很庆幸自己学会了写字，如今还可以把五岁时候的感觉，清晰记录下来。要么就是记性好，那种不爽，真是历历在心。

二〇一四年七月十八日

90

我一出生就住在姥姥家，直到十岁，随父母搬家去外地。

那是一个很大的院子，有平常人家院子的两倍大。所以前面的半个院子，就都种了果树和青菜。十岁之前，那个院子，就是我的整个世界，我的全部认知。春天，看各种树木发芽、开花。夏天，白天吃西瓜，晚上看星星，捉知了龟。秋天，听虫声唧唧。冬天，看雪，吃屋檐下垂下的冰柱子，躲在挂着棉布帘的屋里烤火。不知道世上还有时间这种东西。

据说，这个院子原来是地主家的。很多家具也是。那就是说，在我们之前，已经有很多人住过了。但我不认识，也不想知道。后来，舅舅把房子卖掉。所以现在，也应该是有别的人在里面住着。我不认识，也不想知道。

我一直记着的，就是那十年，它是我的。整个天空蓝汪汪的，屋顶的风向鸡一动不动，蝉鸣响彻，不分季节。

以后的日子，走过很多地方，住过很多房子，同行过很多人。总是觉得，家，只能是那座院子那样的。凡不一样的，都不像。可是也只不过住了十年而已，生命的最初十年。如果院子里的知了，也是那种需要在地下深藏十七年才能爬出来蜕皮唱歌的，那我还没有一只知了，在那个院子里待的时间长。

中午看电影，有个镜头，六岁的伤心小男孩，在长长的树荫道下走，他的爸爸在树丛另一侧，一边追，一边对他解释。解释生命，爱，聚散。小路尽头，父子会合，拥抱。忽然就落泪了。

忽然走神，想，三十多年前，在姥姥去世以后，爸妈带我离开，舅舅也搬走了，姥爷一个人住，在那个大院子里，当他看到黄狗的时候，花猫的时候，木槿花和月季花开的时候，外面的孩子跑到院子里来的时候，听见知了叫个不停的时候，晚上睡觉自己去关门的时候，想喝一盅老白干，我却不在，不能帮他拿酒瓶子的时候——不知他，有没有想我。

二〇一四年八月二日

91

关于我的前途，姥姥大概是最早的设计者。我不止一次听她跟人说：姥爷的班，谁也别想接，是小平的。小平就是我。当时我四五岁吧。六岁的时候，姥姥去世。姥爷退休的时候，我八岁，接班自然是虚谈。不知姥姥曾策划过怎样的曲线救国。

我爸退伍后到矿上工作，就把家安在矿旁的村里。

三年级我转学，回到父母身边。姥爷隔一段来看我们。有一次，我和村里的孩子一起出去割草，自己玩得很欢实。回来路上，背着大筐，散着小辫，又累又饿，灰头土脸，走得趔趔趄趄。迎面碰上姥爷。姥爷简单问了几句，转过头去，擦泪。这是我平生第一次看见姥爷落泪，很新奇，自觉重大，回家马上当作新闻，向我妈汇报。忘了我妈的反应了，应该很简单，不然我会记得的。

不久考上初中，住校。一天，姥爷郑重把语文老师请到家里，喝酒，询问我的情况。我坐在下首陪吃，烧鸡。印象很深的是，已经微醉、面孔通红的老师，字斟句酌对姥爷说："成绩还算不错，考上中专，应该没有问题。"姥爷的脸上有欣慰的笑意。记忆里，这是上学期间，家长最操心我前途的一次。初二时候，姥爷去世。

那几年，我父母自顾不暇，所以也顾不上问我，在学校都干些什么。只知道每周回来，带点钱和饭菜，又回去。有时候一个月才回一次。发榜那天，我爸陪我进城去看。我的成绩，并不是那年最高，那所大学，也未必是国内最好，但不知填榜人怎么想的，不太照顾清华的情绪，把我填在了全榜第一个。我的名字，笔画比较复杂；我考的大学，笔画却很简单。当时，我爸愣愣地站在榜下，不知想些什么；我一直想的是：怎么会填成这样？为什么要这样填？

通知书没有拿到，被亲戚代领走了，据说已经在送往家里的路上。当时没有电话，所以我们不知道消息。然后我们就往家赶。走到长途汽车站，等车。我爸突然蹲下，抱头痛哭。周围的人群迅速围上来，问，怎么了？怎么了？我看着爸爸，手足无措。一种巨大的难为情，从四面八方压迫而来。

过了一两天，最初的震荡才慢慢散去。一切关于新生活的计划，按部就班开始准备。只是最应该知道这个消息的人，已经不能知道了。

还有，这所学校虽然著名，当年我们却不能进校，要先去军训一年。这意味着要多一年开销。我爸却很高兴，因为他当过兵，对军装有天然的好感，我的军装照，大概被他冲洗了几百张送人。不知现在，还能有几张，在人家手上。

二〇一三年六月四日

92

我小时候，不会爬树，但是会爬墙。院子的南墙，是青砖垒的，砖缝勾泥。天长日久，风雨侵蚀，泥大半剥落，青砖也斑驳了，露出很多沟坎，爬的时候可以手抠，脚蹬，很容易就上去。当然，一般我不这么麻烦。南墙东头，往北拐弯的一小段，突然变低，矮好几层砖，墙下还有一块大石头。我通常是踩着这块石头，攀上矮墙，走两步，再攀上高一点的南墙。再走两步，就坐在浓密的树荫里了。一棵大树，树冠遮蔽墙头，所以坐在墙上，跟坐在树上，感觉一样。大片大片的叶子，交错在眼前。阳光泼洒，闪闪烁烁，都被头顶的叶子拦截，只剩星星点点落到地上。晃晃树枝，地上的光点也跟着乱动。一只知了正在唱歌，受到惊吓，马上闭嘴，往前挪两步，想一想，还是扑棱棱飞走了。透过树叶，可以看到地面，自行车，水缸，石磨，石榴树，木槿，睡觉的黄狗，都变小了。可以看见我扔在地上的泥巴和小刀。可以看到房顶。可以看到别人院子里，有一次看到一个人正举着水瓢，咕咚咚喝水。然后把葫芦瓢扔在水缸里，进屋去了。待腻了，就原路回来。或者抓住树枝，走到树上，抱着树干滑下来，假装爬了一回树。

紧贴墙角，长着一棵歪树。好像是自己长的，野树。很矮，本来好爬，可是我不爬，因为叶片上全是毛毛。谁也不管它，它也不碍事。谁都不知道名字，就没人提过。大约全无用处吧，不像桃、杏、樱桃、核桃、黑枣、石榴什么的，都有个名分。可是一到夏天，它也结很多果子，开始是又青又硬的小球——现在想来，从叶子到果实，都有点像法国梧桐的——后来小球上突然射出很多红色的箭头，软软的。看着就好吃，但大人不让。我看见过蚂蚁爬上来吃，小鸟飞过来吃。自己也偷偷跟着吃。把红色软箭头，一条条仔细摘下来，放进嘴里，酸酸甜甜。最好吃的不在树上，是熟透了落到地面，红得有些发紫的，捡起来，吹掉上面的湿土和蚂蚁，一点点细心地吃。不能让大人看见，会骂，让扔掉。我一直不知道这是什么树。从没人提过它的名字。后来也没再见过。

直到有一年，跟一大群人，去一个什么地方，突然在路边，看到了这么一棵，大大的一片，挂满熟悉的红色果实，地上落了很多。即使生长在路边吧，也像王戎的苦李一样，没人理它。好像整个世界都知道，它吃不得。

那一刻，突然非常想过去摘一颗，可是我没有。也突然非常想跟大家说，看，我认识它，它很好吃。也没有。就那么定定地看了它一会儿，然后，把目光调转开了。好像从来不曾见过它。

写到这里，忍不住还是去搜索了下。“红色果实”关键词的图片里，第一页，它就赫然在目。叫构树。从未听说过的名字。有点后悔。好像突然知道了小时候玩得很好的小伙伴，大号叫什么、单位是哪里一样，莫名其妙，有点无趣。

二〇一四年八月四日

93

小时候，跟着大人“下河”，就是出远门了。看大人收拾好锄头、草帽、水壶，赶紧跟上。跟到胡同拐弯处，还不被撵回，就算放行了。可以在野地里欢一天。

小镇南面，有一大片野地，野地尽头，遥遥可见另一个小村，烟霭朦胧。来的小镇，回头看时，也变得低矮，在烟霭朦胧之中了。只一条弯弯曲曲的小路，像条细线，连接着两处人烟。

高天之下，这大片空地，就是“河”。“河”里没有水，都是土，草，庄稼和沙子。庄稼种在低洼处，两边是高高的堤岸。现在想来，该是古河故道。河没了，名字却留下来。

小孩子自然不是来干活的，所以都在大堤上玩。堤上有树，硬草根，沙子。沙子里掺着很多贝壳，小虫子爬来爬去。先捉虫子，折磨死了，再捡贝壳。大的，小的，白的，黄的。带缺口的不要。很快，每人都捡了一大把。凑在一起玩。几十个贝壳，排整齐，倒扣好。手指头蘸点唾沫，粘住，提起。落下去的贝壳，若翻身，就归自己，接着粘；翻不过来，下一个孩子继续。比最后谁赢的贝壳多。

长长的河堤上，三五个孩子，小脑袋凑到一起，输输赢赢。太阳晒得后背发烫，眼睛发晕，风吹过，鸟飞过，都不觉察。

记得当时有个大孩子，不知谁家的，赢走了我很多。口袋都快空了。满心想哭，只好趁别人玩的工夫，赶紧四下再捡几枚，回来接着玩。还没等我赢回来，忽然远处有大人呼唤。大孩子立起身来，张望了下，扔下自己赢的，跑远了。其他孩子也陆续被叫走。剩下我，对着一地零零落落的贝壳。然后，我也被叫走了。那些贝壳，就留在长堤上。

有时候会想起那些贝壳。多少年前，它们就一直在那里。偶尔被几个孩子捡拾，摆弄，又丢弃。重归沙土。现在应该早被其他人踢开，或者踩碎了吧。或者刮风、下雨，也都吹散、冲走了。不会再是我们当年遗下的样子，也不会再有我们当年的痕迹。荒野之间，一痕长堤，几个小孩子的聚散输赢，无非只是天地一瞬。

二〇一五年三月十三日

94

二月二，要吃“蝎子爪”。吃了就不会被蝎子、蚰蜒咬。所以每个小孩子都要吃，每个二月二，都要炒。“蝎子爪”是炒出来的，没有蝎子，只有豆。所以也叫“料豆子”。黄豆，在铁锅里翻炒，炒熟，炒香，撒上红糖，接着炒。糖化开，裹住豆。满院焦香。

要趁热吃，软，脆。但小孩子舍不得一次吃光，先一小把一小把，后来就一粒一粒吃。剩下的慢慢冷却，结成黑乎乎的硬疙瘩。藏在兜里，带到学校，一块一块抠着吃。每一块都能含半天。这一天，很多孩子，嘴巴都是香香的，嘴角都是黑黑的，小手都是黏糊糊的。翻书的时候，手印留在纸上。当然，也有几个孩子，只有豆，没有糖。还有孩子，豆也没有。

跟姥姥、姥爷住的时候，每年都炒豆。每次都装满满一兜去学校。后来随父母搬出去住，每到这天，我妈经常都是忘了。慢慢地，我也就以为，这是只有小孩子才吃的东西，我已经长大了。就像小时候，每年立春，我妈会给我们几个用花布缝大公鸡，缀在臂上。辣椒籽的眼睛，黄豆粒的嘴，拖着大长尾巴。离开姥姥家以后，大公鸡也没了。我妈忙得脚底打转，没心思。我们也都大了。一转身就长大了。

搬家后，上学要去另一个村子，路上经过两户人家。

每年二月二，这两家都会在路中央，用草木灰，转圈撒成螺旋形，正中间放一块砖头。当时不懂这是什么，但知道要小心避开，绕着走，不去踩。后来见有人说，这是龙，砖头就是龙眼；也有人说，这是粮囤。我妈从来没撒过，姥姥也没撒过。我们家没有这习惯，所以当年我不知道。

其实很多事情都这样。当初经过的时候，并不明白。要过很多年，回头看，才能知道，那是什么。

二〇一五年三月二十一日

95

小时候，学《火烧云》，并没觉得好。其实，学之前已经看过，也没觉得好。老屋墙角，有一堆旧书旧报纸，有一天都被我翻出来。灰尘漫扬在斜斜的光柱里，一股旧木头味。有《大象日报》（后来知道是“大众”），每页有大字有小字，一排大黑字，下面一堆小细字。我只捡大字看，居然认得七七八八。意思大半不懂。不如旧书有意思，有图画，有故事。只是大多字似像非像，无端多出些枝枝杈杈，好在面目依稀可辨，囫囵可读。文字依稀，故事也就含糊。所以我一直都没弄明白，《火烧云》里说的那个喂猪的老头——他在墙根上靠着，笑盈盈地看着他的两匹小白猪，变成小金猪了。他的旁边走来了一个乘凉的人，那人说："你老人家必要高寿，你老是金胡子了。"——到底是真的老头，还是云彩变的。我也没见过那样的火烧云。大概鲁南地区没有。或者有，我看不到，都被院子的西墙遮住了。大晚上的，谁不是待在家里呢。树那么高，墙那么高。只有头顶的天可见。

所以后来，读了《呼兰河传》，也没觉得这段好。只是讶异，呀，原来是萧红写的。

萧红写的，当年印象最深，是下面这一段："它不但它自己衰弱，发黄，一下了雨，它那满身的黄色的色素，还跟着雨水流到别人的身上去。那猪槽子的半边已经被染黄了。那黄色的水流，直流得很远，是凡它所经过的那条土地，都被它染得焦黄。"写生锈的铁犁头。这几句，记得当时盯了好久。因为，和我们院子里，南墙角石磨旁边那片锈铁锹，一模一样。黄色的水流染了地，也一样。原来文字还能这么写。

以后每读这书，都会翻到这几句，看一下，停一会儿。这是我的私人记号。她写了，我看到。无关时空。

二〇一五年三月二十五日

96

榆钱飘落后，榆叶开始长大。有的新叶上，会结一个或几个小球，小小的，颜色嫣红。摘下看，里面是空的，干干净净。不像其他树，如果叶子卷起来，或者粘了别的，打开一般都是虫子，吓人。

我喜欢这些小球球。榆钱能吃，榆叶不能。有时却忍不住，往嘴边放放，蹭蹭。再拿开。我妈脖子下面，有几颗红痣。和榆叶上这些嫣红的小突起，颜色，形状，气味，都像。

五一爬山，在山顶的老榆树上，又看到了这种小红球。清风中，盯着新叶边缘，微微摇曳的这几粒嫣红，看了一会儿。这里，离我的老家，有两千多里了。

二〇一五年五月三日

97

小时候，院子就是整个世界。太阳，像个大大的红色火球，早晨，从东边缓缓爬上来，爬上墙头，爬上树梢。傍晚，从西边的树梢缓缓滑落下去，仿佛带着骨碌碌的闷响。没人说太阳落山，因为没有山，那是一望无际的大平原。天空底下，只有远远近近，几个低矮的小村子。

中午的太阳，又高，又远，又亮，是看不见的。也不去看，只在院子里跑过来，跑过去，有时候蹲在墙角捉蚂蚁，有时候在树荫下吃饭。虽不去看，但来来回回，都穿行沐浴在它的光芒里，和院子里的树，花，狗，鸟，一起。

很多年后的清晨，走在阳光明亮的街道上，盛夏浓密的树叶闪闪发亮。不由停下来，眯着眼，忽然就看到了多年前的那个院子，和院子里的自己。

像遥远的恒星的光，在宇宙的黑暗里，走了几十年，终于在这一刻，抵达眼前。我以为早已消逝的。现在知道，还在。其他的光，也将源源不断抵达，并继续走向下一个地方。

过去，宛若星球。光还在，时间都还在。

二〇一五年六月八日

98

小时候，家里有两棵槐树，一棵在门口，老树，树冠很大。一棵在前院墙角，地窖旁边。门口那棵，天天见，熟悉便觉亲切。一开花，就更热闹了。不光蜂子、蝴蝶来了，孩子也来了，爬上去。低处的，攀着树枝，一串一串揪下来。抖一抖，看没虫子，直接塞嘴里。清冽甜香。高处的，大人就用铁钩子钩住树枝，拉下来，让孩子采。很快就白软甜香大半筐，可以熬粥，蒸饼。槐花做熟以后的味道，我一点儿也不喜欢，不吃。但摘槐花这事儿，少了我是不行的。

除了开花，其他时候，这棵槐树的用处也很大。可以乘凉，可以在树荫下吃饭，叶子可以撕着玩，秋天叶子落光了，光秃秃的叶梗还可以编小笼子、小筐子、小桌子、小椅子。地窖旁那棵就没这么有用。叶子毛糙，黄白色小碎花，悄没声儿地就开了，落了。没人吃。结的果实也黏黏糊糊，不小心粘一手，或者踩一鞋底。不像门口那棵，扁长豆荚，壳是壳，籽是籽，清爽利落。但这两棵，我管它们都叫槐树。不一样没关系吧，我叫叔叔、舅舅的那些人，长得也都不一样。

有一天，我又管地窖旁那棵叫槐树的时候，姥爷纠正我了，他说："这是国槐。"国槐也是槐嘛。我还是叫槐树。其他人也都说槐树。只有姥爷，几次纠正我："这是国槐。那是洋槐。"

我不明白，姥爷为什么坚持纠正我。也不明白，为什么自己一直都没改。大概因为，除了姥爷，没人说国槐吧。现在想来，这两个字，竟莫名有种家国情怀的味道。

去年“读读写写”贴过两首槐花诗，一首元稹的《封书》：“每书题作上都字，怅望关东无限情。寂寞此心新雨后，槐花高树晚蝉声。”一首白居易的《暮立》：“黄昏独立佛堂前，满地槐花满树蝉。大抵四时心总苦，就中肠断是秋天。”诗都不错，图却配错了，想当然地配成了洋槐花。查资料，洋槐据说十七世纪才传入中国，所以唐诗宋词、南柯一梦里的槐花、槐树，都是国槐，七八月份才开花，是初秋之象。也所以才有“槐花黄、举子忙”谚。国槐花果，虽不能吃，但可入药。

一边网上查资料，一边地窨旁那棵树，就回来了。还有姥爷说话的声音神态。他说：“这是国槐。”

有些人在人生之初教给你的东西，有可能，四十年后，你才明白。

二〇一五年六月八日

99

姥爷是老三，所以我还有大姥爷、二姥爷。大姥爷家在南北大街街西。二姥爷一个人，住我家，每天喝酒，唠嗑，骂人。现在想来，他应该不是我姥爷的亲兄弟，因为我妈管他叫“二叔”。大姥爷的确是亲的。亲二姥爷去哪儿了，我不知道。没人跟我讲这个。

很多事情是模糊的。只知道姥爷小时候去了东北，年轻时闯过奉天、天津、保定，后来带着日本人的刀伤，和日本人的刀，回到老家工作。但老家又不在这里，他们口中，还另有一个老家：界沟。我小时候没去过，只是经常听大人提起。这两个字念在嘴里，轻巧短促，有种奇怪的感觉，遥远而切近，陌生而熟悉。

姥爷有时带我去大姥爷家玩。那个院子里，也有一棵大花树，花开满树。每一小朵，都是一粒小球吐出一片皱巴巴的红巾；几小朵，凑成一团花球；无数花球，堆成这一棵花树。远看如云，近看都是花。我不认识。很多年后，在公园见到名牌，才知道叫“紫薇”，如今已是稀松平常、很普通的花了。小时候，它的含义是：别人家的花。我家的花，是木槿。在别人家的花下，我是怯生的，拘束的，是做客，小声说话，不乱跑，爱惜新衣服。在自家的花下，才野霸王一样。

后来大姥爷搬走了，二姥爷回老家了，我被送回父母身边。大院子也没了，被卖给别人。

考上大学那年，亲戚带我回界沟老家串亲戚，姥爷的老家。忽然看见了二姥爷。快十年没见了。他还是老样子，喝酒，骂人。我把带来的白酒，两瓶，工工整整摆在桌子上，他面前。很多话想说，也很想听他说点什么，姥爷，院子，我小时候什么的。

可他什么也没说。他回过头去，对着别人，敲着酒盅，开始骂一个我不认识的人。

二〇一五年六月十六日

100

从姥姥家出门向西，再往北拐，也就是上学路上，有一家人，有个男孩子，跟我差不多大。但我没跟他玩过。是个豁唇。爱笑。

有一天，正在院子玩，忽然听到远处有女人大哭。平时，天底下都是静的，隔街偶尔有人说话，小孩子尖叫，牛从田里回来，自行车铃，货郎挑子摇鼓，拉脚的车经过，都能传很远。所以这撕裂的哭声，整个小镇，马上都听到。等我跑过去，看热闹的人，已经把门口都堵满了。我从人缝里挤进去，终于看到，那个小男孩的妈妈，滑坐在地上，披头散发，一边哭，一边打滚，一边使劲用手拍地，啪啪响。我觉得她的手会疼。旁边几个老年妇女，扶着她，按不住，也拉不起。我从没见过大人这样哭。有点莫名压抑。看了一会儿，判断除了哭，好像不会再有别的新内容，就挤出人群，回家了。

过了一会儿，我妈看热闹也回来了，像刚才那些人一样，叹惋，兴奋，告诉姥姥：谁谁家的小孩跑了。姥姥生病，常年坐在床上不出门，但外面的事情，她都知道。每天都有闲人来陪她聊天，冬天烤火，夏天吃瓜。当时不明白“跑了”是什么意思，我天天在外面跑，也没见我妈哭过。我妈说了那个孩子的名字，我已经不记得了。但知道，是那个爱笑的小豁子。

现在想来，我小的时候，小孩子们就像地上的草，一群群的，长就长了，没就没了。没见谁去怪谁。能怪谁呢？老天又不管。跑了，就当去了别的地方。别人看个热闹，当妈妈的会哭。

小时候，看见的残疾人好像也格外多。前街有个麻子。我同学的妈妈是个跛子。常来要饭的，有好几个瘫子。庙会上拉胡琴卖唱的，是个瞎子。大概，那时候的人，就像洪荒野地里，露天堆放的土陶器，一个个东倒西歪的，风也受，雨也受。磕就磕了，碰就碰了，碎，也就碎了。

二〇一五年六月十七日

101

小时候，大人经常吓唬小孩：“别各处乱跑，看拐子把你拐走！”拐子拐小孩，据说有好几种方法：有的拿块迷药，往小孩头上一拍，小孩就迷迷糊糊，跟着走了；有的拿块糖，小孩嘴馋，主动跟着走了；有的拿着布口袋，趁小孩不注意，往头上一套，背起来就走了；还有一种，手里拿着铁爪钩，在小孩背后，使劲一抓，钩起来就带走了。

我曾认真考虑过，如果被装进口袋，在黑暗中，是安静不出声更稳妥些，还是使劲踢打，大声呼救。反复权衡的结果是：先安静，稳住拐子；一旦听到外面有人讲话，就呼救。后来，学了一个词，叫智勇双全，更坚定了这一方案的正确性。其实我忧虑更深的，是面对别人给的一块糖时，拿还是不拿，吃还是不吃。这真是一个问题。我当年没有想出两全的解决方案。

有一次，在公社剧院看了一场戏，《封神榜》，有个场景，一只大鹰俯冲下来，叼住一个孩子，飞回天上了。鹰和孩子，很容易看出来都是纸板做的，后台有人用铁丝牵着，放下来，再拉上去。但那鹰的钩样爪子，和孩子蜷曲的小身体，还是都吓到了我。背后一阵阵发凉。

从此就疑心，背后随时会有一把铁爪钩伸过来，走路老要回头看。或者响晴瓦蓝的天上，哗啦一声，垂下一把铁钩来。总之，一个人走路，成了一件令人不安的事。尤其姥姥家门口，是条悠长的小巷，两侧全是高墙，阴面墙脚长满绿苔。要出了小巷，往左拐或者右拐，才有人家的大门。这条小巷，平时只有自家人走，经常是空巷。每次玩得满头大汗回家，一拐进巷子，世界陡然安静，欢快的喧嚣隔在墙外，那种森森凉意立刻袭来。即便瓦蓝的天，也不信任，担心哗啦一声，掉下铁钩子来。所以，快跑，快快跑。

也所以，我读不了戴望舒的《雨巷》。看到“悠长、悠长又寂寥的雨巷”几个字，已经毛骨悚然了。至于“一个丁香一样地结着愁怨的姑娘”，对我毫无意义。唯一想的，就是快跑，快快跑回家。

二〇一五年六月十九日

102

小时候，有一段时间，父母经常不在家，请山里的姑姑来照顾我们。那时还没电视，睡觉前，就缠着姑姑讲故事。其中一个故事，却激起了我和妹妹们的公愤。

从前，有一个人，非常懒，他妈让他出门干活，他就躲到桥底下睡觉。一觉醒来，觉得身子下面硌得慌，起来一看，原来是个金元宝。他拿着金元宝高高兴兴回家了。姑姑仿“异史氏曰”总结说，这叫“懒人有懒福”。

当时，我们虽然年纪小，但已经牢固树立起了“劳动最光荣”和“勤劳致富”的信念，很是鄙夷这种“不劳而获”“穷通命定”的庸俗。因此，认定姑姑讲这种故事，是居心叵测，不负责任，毒害幼小心灵。互相讨论一番后，决定从此疏远她，不再给予喜欢和尊敬。

最近又想起这个故事，突然觉得它是那么迷人，令人向往。

真希望自己有那样的懒福啊！可是四十多年，屈指数来，似乎的确并没有。

二〇一五年六月二十九日

103

现在想来，这位姑姑，当时给我们讲了不少三观不正的故事。比如，她说，有一家子，住在深山里，每天都能看到一个穿红兜肚的娃娃，来跟自家孩子玩。不知住在哪里，也不知谁家娃娃。问的时候，只笑不说。家长就留了个心眼儿，趁娃娃不注意，把一根红线拴在娃娃身上。等娃娃走了，顺着红线去找，结果看到红线扎到地下，挖出来，就是人参，形状和那个娃娃一模一样。回来就放到锅里煮煮吃了。

写完上面这段，我怀疑我记错了，记成了后来在民俗故事书上看到的版本。姑姑的原始版本应该是，在娃娃和孩子们玩得正高兴的时候，大人一把抓住，放到早已准备好的开水大锅里，盖上盖。等煮好掀开盖子，娃娃变成了人参。一家人高高兴兴喝了。之所以确定是这个版本，是因为最后这个画面太让我震惊了。那种惊怖的感觉，至今犹在。

同时觉得，做孩子是一件很危险的事情。好在小时候一起玩的小孩，大都黑乎乎、脏兮兮，流着口水，看上去一点也不好吃。那种干干净净、白白胖胖，比较像人参的，只在年画上，傻呵呵笑着被人嫉妒。谁爱吃谁就吃吧。

二〇一五年六月二十九日

104

下面是姑姑讲过的另一个故事。

山里有家人，一到下午，就看见一只老母鸡，带着一群小鸡出来刨食。然而并不是附近谁家的。吃饱了，走到一棵大树下，一绕，就不见了。一连几天，都是如此。数了数，小鸡一共七只。觉得蹊跷，就到树下去挖，一下挖出七个银锞子来。姑姑惋惜道，可惜没挖到老母鸡，老母鸡会下金蛋。——我也觉得很惋惜，虽然并不是自己挖的。

而且从此，就对院子里满地乱滚的小鸡们，多了一份敬意，觉得它们每一根绒毛，都闪烁着疑似银锞子的毫光。有时候，往大树下轰它们，看会不会突然消失。没有过。

很多年后，在博物馆看到了银锞子，虽然不如想象中的闪亮，也很想、很想、很想偷偷拿走一块。要自己掐手才能克制住。对旁边的马蹄金、麟趾金、金饼子、金元宝之类，却基本无感。所以幼教真的很重要。

二〇一五年六月二十九日

105

小学时候，我有个特别要好的朋友。确切地说，是两个，恰好构成经典三人组。和所有三人组一样，其中总有两个，时不时闹点小别扭，另一个充当调和平衡的角色。她就是那个负责平衡的。另两个不搭腔的时候，她来回传话。

两个人据说一岁左右就在一起住过，但不久我们搬家了，小时候的事情一点也不记得。小学三年级我转学过来，阴差阳错又搬到一起，天天一起上学放学，形影不离。小学毕业才分开。三人组里的我和另一个，上了初中，她则辍学。因为离得不远，周末假期仍不时见面。我给她讲学校见闻，她听着。再过三年，我上高中，另一个上中专，她开始谈婚论嫁。我去县城住校，见面就很少了。

有一次，我去找她，她和妈妈在玉米地里干活儿，青纱帐掩着，看不到另一头，她妈妈去叫她，半天没有来。我纳闷，但没多想，带着新晋高中生的兴高采烈，走了。高二的时候，听到了她在铁路上出事的消息。我和她的家，不远处就是津浦铁路，出事很容易。但她，据说是自杀。

又过了几年，我在路上遇到她的妈妈。还没说话，大娘就先红了眼圈，拉起衣服擦泪。

这么多年里，有时候会想起她。总觉得她的选择里，有我一份责任。

有时候，即使是最好的朋友，也不能互相了解。有时候，朋友的存在，也是一种伤害。

二〇一五年七月五日

106

我小时候住过的农村，有这样一户人家，大儿子是白痴，二儿子是白痴，三儿子也是白痴。没有名字，鲁南的乡下，就分别叫作大憨巴，二憨巴，三憨巴。生第四个儿子的时候，有乡间名医指点，说母亲的奶水不好，不要让儿子吃自己的奶。于是这个孩子就吃百家饭，长大后果然清秀聪明。后来又生了一个女儿，也是吃别人的奶，果然伶俐秀气。我们搬到这个村子里住的时候，大憨巴已经夭折了，二憨巴、三憨巴整天在村里跑来跑去，不知饥寒，不知脏净。一个略大，一个稍小，但一样的胖脸，一样地张着嘴流哈喇子，开裆裤露出粉红的屁股。那时他家最小的女儿刚出生不久。

忽然一天夜里，听见有人在高处呼唤一个人的名字，唤一声，敲一声锣，然后叫：“回来吧！”在夜里，声音格外凄厉。全家都惊醒了，爸爸立刻披衣出去。能听见各家的男人都出门。天亮后，听大人议论，知道那个名字就是憨巴们的爹，夜里上吊了。刚四十五岁，乡人常说的“半吊子”“腌臜年”。有人说：“怪不得这几天就听见他家屋后夜猫子没好叫唤。”有人说：“日子刚开始好过，真是。”以后的几年里，就经常看见憨巴的娘一个人下地，上研石山，推磨，洗衣裳，手脚都不停，只是苦着脸，没话，有时发呆。

再后来，听人说，憨巴的爹娘是表姐弟，青梅竹马，自由恋爱，不顾双方家庭反对而近亲结了婚。憨巴爹年轻时一表人才，里里外外是好手，用柳条编的筐子、篮子周周正正，轻巧好使。村里媳妇骂丈夫好吃懒做的时候，就会说：“你看看人家××！”男人往往就不再搭话，愤愤地走开去。憨巴娘更是心灵手巧，逢年过节剪出的花纸，村里的媳妇、闺女无人能及。看见什么剪什么，剪什么像什么，乡下的话叫“自己心里出”，古话里的“运用之妙，存乎一心”庶几近之。过年的时候，家家都带了红纸，去央她剪了，回来贴在门上，窗上，墙上。我见着她的时候，她已经经常苦着脸了。我没有见过她的剪纸，只是听很多老人讲过。

后来我们搬家了，几年才回去一次。一次回去，听说二憨巴也夭折了，但三憨巴却茁壮地成长起来，食量惊人，吃两三个男劳力的饭，却什么也干不了。又一次回去，街上迎面碰见三憨巴，大吃一惊，他虽然身量长大，脸却还是十几年前的那张脸，岁月仿佛没有留下任何痕迹，还是那么笑嘻嘻的，追着人看。已经有些花痴了，家人只好把他锁在屋里。食量依然大得惊人。还连累他聪明清秀的弟弟说不上媳妇。据去过他家的人讲，那是真正的家徒四壁，蛛网打着绺，一条条从房顶垂下来。

终于有一天，听说三憨巴也“老”了，享年三十九岁。说的人、听的人仿佛都松了一口气。他的叔叔、舅舅们也都聚拢来，开会，商量怎样修房，怎样给四孩提亲，各家该出多少钱，等等。真正的行动虽然慢，但总算开始。

今天忽然想到这一家人的事情。想，当年这样一对意气风发的优秀青年男女，是如何挨过了一次，一次，又一次，生活的重击。那名曾经心灵手巧的女子，是如何熬过了这几十年，似乎永远看不到头的黑暗。一个人的一生，如果永远得不到关于将来和美好的承诺，该如何获得继续走下去的勇气？

二〇一五年七月五日

107

长到现在，已经有足够的时间和经验来旁观别人的一生，下面是我认识的一个小姑娘的事情。

她小我几岁，出生仅八天，母亲就因为家庭纠纷上吊，是奶奶用玉米糊糊一口一口喂活的——偶尔谁家的奶水吃不了，也抱去吃两口，但那时生活困难，奶水充足的人本来不多。父亲一直没有续娶，没娘的孩子就这样一天天长大，比别的孩子格外瘦弱枯黑。读过几天小学，因交不起学费退学了。不能在家吃闲饭，她就去村边的一家养猪场做帮工。一起帮工的还有山区来的一个小伙子。没有人知道他们在一起都聊了些什么。一天早晨，场主发现两个人都没来上班。家里人去找，没多费周折——就在男孩的家里。据去找的人说，穷得很，连这个女孩家里都不如。奶奶只有不出声地抹眼泪。男孩家的人对女孩子也并不好，几个月后，大肚子的女孩子又出现在村头。奶奶流着泪让她进了门，像二十年前把只有八天大的她抱回家。但山东农村的风俗，女儿是不能在娘家生孩子的，奶奶纵然护短怜惜，也不能破了规矩，只好又在村头的养猪场里租了一间房让她住。其间男孩来过两次，空着手，还是女孩把奶奶偷偷塞给她的二百块钱给他，让去给奶奶、哥哥买礼物，算是登门认亲。

奶奶是我小时候认下的干奶奶。放假回家的时候，我买了衣服、糖果、点心去看她。奶奶说："干孙女的东西我倒得着了，自己一口一口喂大的亲孙女，一口东西也没吃着，一块布也没穿着。"说着拉起衣襟来擦眼泪。

我听到的这个女孩最近的事情是，她生了个女儿，跑到邻居家去借火，惹恼了邻居，因为月子里的女人不洁净，不能串门。她只好买了香火果供、红纸红布，到邻居家的香案前磕头赔礼。手里更加没钱了。男孩又不会过日子，婆家不理不问。有一天她哭着说"真不想活了"，奶奶说："你怎么能学你苦命的娘！"

所以有时我想，城里人所说的爱情，和乡下人所说的，大概不是一回事。

二〇一五年七月五日

108

久不回故乡，所有关于故乡的事情都是听来的。有一年，春节回家的妹妹带来的是这样的传闻。

有一个老人——我没什么印象了，但和我父母是相熟的——大孙子去年十月份骑摩托车出车祸死了。不多久儿媳妇也去世了。这个正月里，大概初五、初六的样子，二孙子在网吧触电身亡。老人通共只有这两个孙子，一个二十一岁，一个十八岁。不出半年，全没了。据说老人已经不行了。给孙子结婚的楼房都已经买好，就在我们村北边。早年老人也买过我们村的房。于是就有人说，是那个房子风水不好。因为原来的房主的小女儿，二十多年前就是自杀的。已经很久没人说这件事，现在又都提起来。说风水不好。

那个自杀的小姑娘，也曾经是我的玩伴。比我低一个年级，冬天上学，满天星星，我从她家门口过，叫着她一起走。她家的香台上，瓦盆里种着几簇菊花，我曾经摘过一朵。

那时候，电视里演着《排球女将》，她曾经学小鹿纯子的样子，背着双手，在台阶上一级一级地蹦。学校里开展“五讲四美三热爱”活动，她和我们说话时，很认真地用“请”和“谢谢”。这都是其他孩子想做却不好意思做的。

这个有意和大家不一样的小姑娘，终于和大家不一样了。据说是在一次与人吵架之后，喝了农药。

二〇一五年七月五日

109

还是老家那边的事情，已经好几年了。曾在当地引起很大的轰动，以至于事后很久，我回家时还听人不时谈起。

一个女人，被从外地拐来，卖给邻村一男子为妻，生下一个女儿，已经五六岁。情感生活想必不甚如意，男人又常年在外打工，于是就和本村的另一男子有了苟且。不想行迹不秘，被小女儿看到。据说女子以前曾经找人算过一卦，说将来会死在这个女娃手里，所以一向不喜女儿。现在眼看如果女儿把事情说出去，卜者的预言要成真，女子就动了杀机，将女儿掐死，让情人用棉被包好，绑在预制水泥板上，远远地丢进煤泥坑里。对邻居们说孩子出门走亲戚去了。

许是绑得不紧吧，几天后孩子漂了上来。警车来了好几辆，女子也去看热闹。有人认出来是谁家的孩子，警察找到家属，很容易就盘查出了真相。杀人自然偿命。女子判死刑，执行了。

这件事情为附近十里八乡的村民们提供了长期无限的谈资：偷情，杀灭，人伦，探案……

我当时不胜感喟的却是：宿命，终究难逃。如果有的话。不知那个算卦的，现在在哪儿。当然，也可能和历史上无数已经应验的谶语一样，都是乡人事后追记。

二〇一五年七月五日

110

这个是婆婆讲的。不是故事，真事。

婆婆一家从新疆回到县城的时候，我先生当时才五岁。邻居家有一个男孩，脏兮兮的，整天在大街上爬来爬去。到先生考上大学那年，他还是脏兮兮的，整天在大街上爬来爬去。人称“傻三”，天生痴傻，家里人也不怜惜，随便给口吃的，生命居然一直延续着。不知道他确切有多大，因为很多年间都没有什么大变化。

他的父母渐渐老了，兄弟姐妹也都各自成家。前两年，父亲突然脑溢血，卧床不起。兄弟姐妹各有各的生活和工作，不能整天在床前伺候。傻三人傻，却不白吃饭，有一身子蛮力气。于是每天吃饭、吃药的时候，别人把父亲扶起来，傻三就往父亲背后一蹲，用身体撑住父亲，一动不动，直到父亲吃完饭，喝完药，完成一切动作，重新躺下，傻三才抽身出来。日复一日，天天如此，顿顿如此。子女五六人，重病卧床的父亲，最后得傻三济最多。从此人称“孝子傻三”。

也是从此，傻三的衣服干净了，不再在地上爬，看见人也能“呜呜”地打招呼。很有个人样了。

二〇一五年七月五日

111

放暑假了，有时候带孩子坐地铁。前几天，发现学生卡里余额不足，就给钱，让他自己去买票。心想：锻炼锻炼也好。看到小孩儿排在大人队伍里，一边往前挪一边回头找我，忽然想起自己一件事。

比乐乐还小的时候，有一天，我在公社大院玩，姥爷忽然从办公室探出头来，说：“去买瓶墨水，开发票。”给我两毛钱，匆匆又回去。留下我一个人。买墨水我知道，供销社里有，可“开发票”是什么东西？从来没人告诉过我。没见过。姥爷在开会，不可能再问，只好硬着头皮，慢吞吞往供销社走。以往买烟，买糖，都是跑着去，能干的事情，总是很积极。这次不一样，“开发票”，像一个巨大的未知，困惑了我。茫然无知，不得要领，内心先怯了，认定这是不可能完成的任务。所以当终于走到供销社，把钱递进去的时候，只嗫嚅说了“买瓶墨水”，就不知再该怎么办。拿着墨水，磨磨蹭蹭回去。

姥爷问：“发票呢？”我不说话。姥爷就笑了。另叫了个人，拿着墨水去取发票。回头对我说：“玩去吧。”

当然，现在的我早就学会开发票了。但只有自己知道，这么多年里，每逢遇到新的未知，新的压力，内心那种茫然，那种畏缩，依然和六岁那年，是一样一样的。第一反应总是退缩，逃避。锻炼也没用。好比你今天克服了，吃掉一个蛋，丝毫不影响母鸡明天会不会继续下蛋。

不一样的，是每件类似事情发生之后，不再有那位老人，对我宽容、洞察地一笑。

乐乐买完票，正穿过人群，向我跑来，看到我，扬起小脸一笑。我希望他不要像我一样。但我知道，很多时候，他和我一样。那一瞬间，我决定，我不会再去刻意锻炼他。我需要做的，只是在他用目光寻找我的时候，对他笑笑。

反正这个世界上，想锻炼他的人，会有那么多。

二〇一五年七月二十七日

112

读初二那年，弟弟出生。我十四岁，他一岁，我大他十三岁。考大学那年，他五岁。大二暑假，他随爸爸到北京看我，六岁。有年暑假，我接他到北京，在刚分到的小房子里，共住了一个月，他五年级。每个周末，一起去博物馆和公园。其间恰逢他生日，我从学校食堂买了蛋糕，坐两个小时的公交车，给他提过去。到家的时候，奶油都塌了。

后来的许多年里，我工作，成家，生子。每年回去三五天，或者不回去。渐渐好几年才回去一次。他也慢慢读书，工作，成家，生子。今年，他的孩子两岁了。我休了年假，带着孩子，打算在家住一个星期，哪儿也不去。多年来第一次。

父母的家基本上还是老样子，格局没变，但整葺一新。大门口搭了蔷薇架，花期已过，只剩下长长的枝条四下狂探。弟弟扯了几根绳子，想让它们爬到房顶上，没谁听话。我妈也不太满意，说花虽然好看，但一年就开那么一季，想换别的。我说，挺好的，留着吧。

一边闲话，一边站在门口，看我的孩子，弟弟的孩子，妹妹的孩子，在街心追来跑去，大呼小叫。十一岁，九岁，两岁。风吹过蔷薇架，枝叶起伏摇荡。

一只手忽然搭在我肩上。在我背后，瘦瘦高高的个子。他没说话。我没回头。是弟弟。

我不抱他，已经很多年。

二〇一五年九月四日

113

在老家，夏暑期间，会有几天，一直下雨。不是南方的梅雨，没那么长；也不是北方的骤雨，没那么短。就那么连绵着，时紧时慢，一连下好几天。我们叫“连阴天”。碰上连阴天，出不了门，干不了活，甚至开不了伙。柴火都淋湿了，每顿饭，吃点干粮凑合着。人只能待在屋里。如果什么地方漏雨，挪锅挪盆，还算有事情可做。如果不漏雨，就彻底待着了。有限的几本书，早已翻过很多遍。所以白天，主要是睡觉，或者发呆。

我不睡觉。经常搬个小板凳，坐在门前，看屋檐下，雨珠均匀纷落，帘子一样。天是灰的，云如水墨。地是灰的，水洼泛亮。树是静的，路是空的，大块大块的庄稼地，也变成了淡墨灰白。雨水，仿佛洗去了所有的色彩。

就这么一天天过。等着哪一天，灰白的天上忽然裂出一线蓝，色彩与忙碌，就哗啦一声，重返人间。等的时候，却不知道，什么时候来。也许下午，也许明天。没人知道。

有一次正发呆，忽然想，那些已经溜走的时间，大半忘了是什么样子。忘了当时自己在做什么，也忘了当时周围都有哪些东西。使劲想也想不起来。比如昨天、前天的十点钟，我在做什么。不记得了。那么现在，此刻，我要仔细看周围，一切记下来。我要明天，后天，一年，两年，十年，二十年之后，还记得这个时刻。所以我开始认真地看门里门外，近处远处，天上地下。看自己坐的小板凳。看屋檐下的雨。看路，看树。看卧在窝棚里避雨的鸡和狗。它们一声不响。

我那么认真地看着这个世界，我以为一定会发生点儿什么。但没有。

只是雨，一直在下。

二〇一五年九月四日

114

姥姥家有棵石榴树，在月季之南，枣树之东。

最喜欢开花的季节。所有的树都是相似的，开花才让它们不一样。石榴的花，皱如丝巾，红如火炬。未裂时，摘了小硬骨朵，砸墙外的孩子；已绽时，揪了软红花瓣，去喂蚂蚁。揉碎红颜，随手弃置。树下树上，春去秋来，不知摧花多少。印象里，这树没怎么结过果子。花都被摘光了。花开，就是要被摘的。忘了摘的，或者枝头太高，够不到的，才偶尔成了石榴。

虽然这树没怎么结果，但石榴还是吃了不少。好吃。怎么说呢？那个时候，我的小宇宙里，人生三恨就是：栗子有皮儿，石榴有籽儿，知了会飞。现在兜兜转转，差不多又回去了。

前两年才看到龚定庵那句很有名的石榴诗，“红似相思绿似愁”，颇有些不以为然。仿佛自己的人生经验，被人拿走做了篡改。分明“红是想吃绿是馋”好吗。相思能吃吗？愁，就更犯不上。人生至此，不管什么状况，大致吃一顿就好了。吃一顿好的，就更好。世界上最忠实的东西，莫过于食物。只要吃进去，色，香，味，就全都熨帖了你。咽不下玉粒金莼噎满喉？说明扬州炒饭和西湖莼菜羹不合口。

所以，面对一颗娇艳丰满的石榴，掰开就好。

二〇一五年九月十七日初记

现在看来，都是嘴硬。

二〇二四年十一月十九日补记

115

捡石头。

单是写下这几个字，空气就有些微微颤抖了。仿佛遥远的某处，有个什么东西，砰的一声被打开。

大概十来岁吧，小学时候。有一天，不知为什么，吃饭时候被大人数落，眼泪掉到碗里。磨蹭着吃完，出门，往常结伴的小朋友，都走得没影了。学校在几里路外的邻村，一条土路，只剩下自己，踽踽独行。才走一半，就听见学校里的预备铃。即使跑，也是迟到。就更加不想去。

路的一侧，是野地，另一侧，是河道。河道曲折，路也跟着曲折。地里都是庄稼，河岸都是青草。青草里有蚂蚱，蟋蟀，蝴蝶，还有鹌鹑。天上有风，河里有水。路上没有一个人。

犹豫了下，我还是沿着沟沿，蹚着杂草，慢慢下到了河底。河床很宽，河水清浅，能看见水底的游草，缕缕飘动。去洗把脸吧，当时想。手伸进水里，我就看到了那些小石头。在草根下，被水冲刷得晶亮，白的，红的，灰的，青的，黑的，圆的，椭圆的，带花纹的，带洞眼的……路边，沙土里，也有各种各样的小石头，但都灰扑扑的，不起眼。不像这些，晶莹剔透，宝石一样。我蹲下，在水里扒拉着，捡着。一会儿就一大把，找块干净地方晾着，转身继续去捡。远远的铃声，不知响了几次。有时操场传来笑闹的声音，也是遥远，缥缈。

这是一条古河道，平时水不大，清清浅浅，冬天就枯了。也没名字。后来读了史书，才知道这一片，包括周边的一大片平原水泽，历来都是军事要道，古战场的一部分。争霸的刘项，逐鹿的曹刘，扫北的燕王，降及捻军、日寇，各种各样的大军，马队，残兵，都曾从这里，狂风般掠过。所以这里的人烟，生了又空，空了又生。我们寄居的小村子，就是二十世纪五十年代从别处搬迁过来的，所有的水井房舍，都是新制，连要种的田，都是斩茅烧荒，重新开辟，砾土里都是小石子。更老的人，还会说，他们是从山西大槐树下搬来的。

这一切，当时的我，自然都是不知道的，我只是低着头，在水里捡那些晶亮的小石头。全然不知自己身后，曾经有过那样的历史，隆隆驶过。我只是在捡自己的石头。并且希望，一直这么捡下去。旷野无人，唯有水声激激，白胖的草根纠结缠绕，流水不断冲刷。

出水的石头，一旦晾干，颜色也淡了。我不甘心，又放回水里重洗。洗洗捡捡，不知过了多久，忽然听见有人说话：“你怎么不去上学？”我抬头，看见邻家叔叔正站在河岸上，看着我。我心里含糊，答非所问，说：“噢，没事儿。”叔叔看了一会儿，走了，临走前，扔下一句：“快去上学。”

好在很快就放学了。路口出现了三三两两的孩子。等有人过去，我赶紧上岸，小石头揣进兜里，慢慢跟着走。若无其事回到家里，好像什么都没发生过。过了好久，有一天我爸忽然说：“那天你二叔看见你。”我说：“哦？”装傻。我爸没再说话。

后来每去一个地方，我都会捡一些小石头。当然，每搬一次家，最先扔掉的，也是这些小石头。最近又出门捡石头，忽然就想起这一次来，那河道，青草，水流，铃声，又清晰回到眼前。

二〇一五年九月二十二日

116

从姥姥家往西往北，走到水井；再往东，走到炮楼；

再往北，走不多远，就是果园了。果园之外，就是外界，和另一个村子，隔着很大一片庄稼地。只有跟着大人，才能去。而果园，若我想去，自己就能。路旁人家，大半都是认识的，不是我认识这家的孩子，就是姥姥、姥爷认识那家的大人。所以不怕。春天花开的时候，夏天捉知了的时候，秋天果子熟了的时候，一天要来回跑好几趟。

来回路上，每家的门都是敞开的，从门前晾晒的干草，能看到院子里开的石榴花，和地上蹦蹦跳跳的麻雀。蜻蜓、蝴蝶，从一家飞出来，拐个弯儿，就飞进另一家，毫不在乎。像小孩子一样。每家人的脸都是看惯相熟的。

只有一家不一样。他家的门从来不开。他家的人从来不见。有人说他们去东北了，有人说又回来了。但我从没见过。每次从他家墙外跑过的时候，黑色大门都是关着的。土坯墙头上，长满一种草，不知名字，开着粉红色的花，在风中摇曳。我跑过去的时候，粉色的花开着；跑回来的时候，粉色的花还开着。门紧关，看不见他家院子，只看见墙头上的草，一尺来高，年年长着。

所以，那时候，我就知道，总有一些院子，你永远都看不到里面。就像后来知道，总有一些人，见了，亦如未见。

二〇一五年九月二十四日

117

一直觉得，这个世界做什么事情，都不用跟我商量。比如，我正在看蚂蚁，姥爷说一声：走。就把我拎上自行车，去赶集了。比如，我在小朋友家玩，我爸说一声：回来。我就只能乖乖回来。院子里的花，不用跟我商量，就自己开了。树，不用跟我商量，就落了叶子。天，不用跟我商量，就突然下雨。太阳，不用跟我商量，就晒得柏油路发软。母鸡也不用跟我商量，就带了一群小鸡出来。猫更是想出门就出门，想回来就回来，连大人都不跟商量。鸟儿们，知了们，蜻蜓们，蝴蝶们，更不用说了，本来就是高高在上，只顾忙自己的事。从来都是我追着它们，它们懒得回头看一眼。肯逃，已经是给我面子。

所以后来，轮到有些事情要自己拿主意时，我经常拿不定主意。觉得这不真实。即便拿了主意，也觉得早晚会被推翻。事实也的确如此。这个世界，后来陆续拿走了我的姥姥，姥爷，院子，时光，都不曾跟我商量。

二〇一五年九月二十六日

118

小时候玩过一个游戏，捉迷藏，和别的孩子。开始很容易被捉到，后来就不过瘾了，藏到一个特别隐秘的地方：一户人家的过道里，这家没人。我能听见孩子们在外面跑过来，跑过去，声音近了，又远了。偶尔也有人跑到院子里来看，呼唤，商量。但是都没找到我，很得意。可声音越来越少，终于消失。我缩在狭小的过道里，杂物缝隙里透出一小片天，又高又蓝。耳朵里开始有一种嘤嘤的鸣声，游丝一样微微颤抖，仿佛很近，细听又没有。不知过了多久，终于待腻了，自己讪讪走出来。院里空空荡荡。

慢慢走回家，在路上又看到了那群孩子，他们已经开始另外一个游戏了。一群人飞快地跑过去，头上戴着柳条，手里挥着木枪，打仗。没人看我，也没人招呼我参加。好像一场电影，自己还在等结尾，人家早已换了片子。没头没脑看了一会儿，自己回家了。

多么好的事情，有家可回，而且还认得那条路。

二〇一五年十月十六日

119

有一年，家里请了两个木匠，来打家具。一个是师傅，二三十岁。一个十几岁，是徒弟。徒弟打下手，有时来，有时候不来，已经没什么印象。师傅却很能干。原本堆在东屋墙角的几根原木，长短不一，形状各异，刷刷刷，没几天工夫，就被锯开，变成了木片；又被刨光，变成木板；然后拼插钉粘，大衣柜的框架就立起来了。变魔术一样。

也许并没那么快。当时我读初中，住校，周末才回家。每次回家，一进院子，就看见师傅在低头忙活，耳朵上别着铅笔。有时候锯，有时候刨，有时候凿，有时候熬胶。每次都感觉，形势一新。一块平淡无奇的木头，他端详下，然后开工。在他手下，渐渐就有了模样，变成某个零件。真是成就感满满。所以我特别喜欢跑过去看，打下手。他量木头的时候，我帮着拉墨斗。拎起那根绳，松手一弹，干干净净的截面上，就留下一条细直墨线。他刨木头的时候，我帮着扫刨花。刨花卷儿除了烧火，还可以套在手指头上玩。他熬胶的时候，我帮着看火，看鱼眼胶粒一点点变成半透明的液体。他凿榫眼儿的时候，我帮着递工具，大大小小，各种型号。大衣柜的镜子上要贴花，我跑到集上，专门挑了莲花水鸟的图样……

山东人管木匠叫“老师儿”，和学校的“老师”不一样，要儿化一下。学校的老师来家里，好烟好茶管待，上座。木匠“老师儿”，是干活之前就定好的几菜几汤，每天一包烟，单独在院子或者东屋里吃，并不和我们一起。他管我们叫“主家”。“老师儿”话不多，活儿漂亮。每天只是干活，出亮晶晶的汗。

大概一两个月吧，他一共打成了两个大衣柜，一个高低柜，一个写字台，一个饭桌。还有我央求他，用边角剩料，敲的两个小板凳。家里渐渐焕然一新，空气中到处都是好闻的新鲜松木味儿。走进新时代的感觉。

又一个周末，我回家的时候，他已经完工，走了。院子里空空荡荡。

又不知过了多久，正好我在家，忽然听到院子里他和我父母说话。我隔着窗户看，无数惊心动魄的想法，呼啸而过。

可他只是讨了剩下的工钱，就走了。

二〇一五年十二月十七日

120

小时候唱过的儿歌，大多音韵和谐，上口易诵，但意义和逻辑，往往不能细究。比如“花盆烧锅，蝴蝶落落”，“月姥娘，圆又圆，里面坐个花木兰；花木兰，会打铁，一打打个爹；爹爹会扬场，一扬扬个娘；娘娘会割草，一割割个嫂；嫂嫂会做饭，一做一锅驴粪蛋”之类。但是有一首，我以为，却是极精到极细致地摹写出了物态人情——

“小豆茬，咯咯崩，俺到姥娘家过一冬。姥娘疼俺，妗子瞅俺。妗子妗子你别瞅，楝子开花俺就走。”

“瞅”在山东方言里是“翻白眼”的意思。妗子作为尚未当家的一家之主，当然打内心里不欢迎经常白吃白喝的外甥，虽然这外甥一直是姥娘的心头肉。而在妗子进门之前，早就习惯了带着孩子回娘家蹭吃蹭喝、逃避在婆家“做媳妇”责任的姑奶奶，这时也不得不开始小心揣摩弟妹的脸色。在女儿与媳妇之间，那个做妈和婆婆的，于情爱利弊权衡之际，千难万难。不过，嫁出的女儿毕竟泼出的水，新进门的媳妇才是自家铁打的营盘，所以，姑奶奶和外甥，好歹赖过一冬，终究滚蛋。

还有，“小豆茬，咯咯崩”开头，是典型的“兴”的手法；结尾处的“楝子开花”，则与《诗经》里“杨柳依依”“雨雪霏霏”的情致相仿佛。

多好的儿歌啊！

二〇一六年二月七日整理

121

小学时候，我家寄居的村子，是从山区搬迁过来的，因为修水库。只二十来户人家，都是同宗同姓。典型山区人的样貌，和周围的平原村人，有种说不出来的不一样。

因为离矿近，我爸就托人把家属安置在这里。那时候迁户口容易，我爸经常提起，只花十块钱，放了一场电影，就办成了。这是村里第一次放电影，堪称文化盛事，一部《大渡河》，大人、孩子谈论了好几年。安家后，我妈就成了村里唯一识文断字的初中生，大地方来的知识青年。大队研究，打算请我妈当会计。姥爷说："你们单门独户的，不要做。"就没做。现在想来，姥爷还是很有经验的。

同宗同姓，矛盾也一点都不少。有一天，一位婶子气冲冲来我家，控诉另一位大娘的恶行。两家矛盾由来已久，具体我不知情，但当天的起因是这样的：婶子的小姑子，一个十来岁的小姑娘，去菜园子里摘豆角，被大娘看见，隔着老远就开始骂。没直接骂，大娘正在地里割草，就对着草，一口一个"嫩"什么的开始厉声数落。然而附近并没有旁的人。不能不说，古往今来的人们，对于"嫩"这个字的联想都是惊人的，作践都是恶毒的。我还记得那位婶子一边重复一边愤恨不已。小姑娘脸皮薄，装没听见，一声不吭低头走掉了。婶子恰巧看见。虽然平日跟小姑子也不大和睦，但到底一家子，一损俱损。恨小姑子口拙，面软，骂人跟不上趟，居然不回嘴。我至今仍然记得她表情激烈的脸，说：“如果是我，马上就骂回去。有年纪不好直接骂，比着手里的豆角就骂了。老……”后面的句子，几乎用光了我平生所知詈语的额度。花样百般尖新斗巧，但万变不离其宗，都在一个“老”字上做文章。当时我就震惊了。

所以后来学到《诗经》，看有人担心“赋比兴”的传统失传，说“大雅久不作”“雕虫丧天真”之类，其实我一点也不担心，从没担心过。那种活生生的赋比兴，都是从泥土里长出来的。现在仍在民间的泥土中，野蛮生长，代代不绝。

文人们真是想多了。

二〇一六年十二月九日

122

冬天的太阳，特别小。

冬天的乐趣，就是在炉子上烤吃的。做完饭，烧完水，炉子也闲了。炭火上搭两根铁丝，馒头放到铁丝上，慢慢地，靠火那一面就变黄了。把焦香的半边壳掰下来，细细嚼，剩下白生生的馒头瓤继续烤。然后再掰一层壳，再掰一层。每一口都是香的。

有时候烤粉条。这个快，通常"嗞"的一声，细而黑的粉条就变得白而胖，各种曲折偃仰。像花开。

有时候烤土豆，这个就需要耐心了。还要翻面。烤好了，凑近掰开，白热的香气直接扑到脸上。

冬天不用出门。只有赶集和上班的人进来、出去，一掀门帘，带进来一股凉气。其他就是守着炉子，或者坐在床上，看窗纸外的麻雀，在屋檐下跳来跳去的影子。

院子里也不用去，树都脱光了叶子，默默站着，不说话。好几天不看，也没关系，因为什么也不会错过。

二〇一六年十二月十二日

123

小时候，玩过一些很奇怪的东西，比如拆坏的收音机里的线路板。我会小心地盯着它看很久。

我觉得这是一个城市。那些高高矮矮的圆柱，是水塔；大大小小的长方体，是楼房；曲里拐弯、四通八达的线条，是道路；各种形状奇怪说不出名的，也都是房子，世界上本来有各种各样奇怪的建筑，比如礼堂、食堂、锅炉房、平房、棚子……我爸的矿上，就是这样。

这个城市是漂亮的，绿色的底板，是干干净净的草地。上面的小房子们，有的红，有的黄，有的蓝。整整齐齐。只是没有人。所有的人都不知哪儿去了。

我会盯着它看很久，等着看会不会有一个人，突然从某个小房子里走出来，抬头跟我打招呼。很想知道，他们每天都做什么。他们的世界里，有没有小孩子。

类似的痴念，还曾有过。我小时候随父母住的村子，村前村后，都是大片的荒地。有一天，不知怎么跑过去玩，忽然发现地里，每隔一段，就有一块十来厘米高的方石头，排成一条直线，细细延伸，消失在看不见的远方。我断定，地下还有一个世界，这些石头，就是他们的电线杆子，不小心露出地面一截。他们准是正在地下忙忙碌碌，没注意到。一旦注意，就会跺跺脚，让自己的地面再下沉一点，把它们都缩回去。要抓紧时间。我在那片荒地上跑来跑去，想找找看，还有没有别的遗留，他们不小心忘在地面上的。一无所获。

还有，坐飞机的时候，看舷窗外，经常感觉，说不定会有一个人或一群人，从云彩里蹦蹦跳跳走出来。抬头看天的时候，也经常觉得，天空会忽然显露出一张面孔，做个淘气的鬼脸。

总之，一直觉得，在我之外，还有一个世界。万物有灵。

后来上学，读书，学到很多东西，但其实有点沮丧。电容，电阻，界桩，宇宙，都不是我理解这个世界的方式。所以一有机会，立刻改了文科。

二〇一七年三月二十九日

124

我小时候，村里经常来一个“假女人”。

她来的时候，并不进村，而是待在村头的一棵柳树下。我不知她从哪里来，又往哪里去，只是每到春天，她就来了，穿红着绿，背一个花包袱，斜靠着柳树，招来很多孩子围着看。大人只远远站着，笑，骂，谈。

她比村里所有的女人，都更像女人。衣服是鲜艳的红配绿，大脚穿扣襻鞋，鞋尖绣花。梳两根大辫子，戴好几朵各色假花。扎耳朵眼，两个坠子晃来晃去。脸上搽粉，红红白白，很羞涩地低眉而笑。笑的时候红晕滚滚，分不清是粉的红，还是羞的红。只有一不小心露出的牙齿，黑而黄。手也是黑而黄的，看起来年纪很大。像个老太太，花枝招展。

村里的老太太，没人这么打扮，因为要干活，都是灰、黑、蓝的斜襟大褂，虽然裹小脚，也是青鞋。梳网髻，只插一两支朴素的亮白锡簪。姑娘们有鲜亮衣裳，也都是清清水水的剪花头，或梳小辫儿。相比之下，春天里的"假女人"，像一场夸张的塑料花事。

"假女人"会弹弦子，会唱，嗓子捏得极细。大人不爱听，笑骂几句走开。孩子们围着，起哄让她唱，她就唱。唱完一段，脸红红的，扭捏着笑。笑厉害了，黄牙露出来。

只有孩子能看出来，她的害羞和开心，都是真的。

二〇一七年三月三十日

125

春天，树叶长出来之前，枝条都是干净利落的，能看清每一处节疤和突起。有一种突起，像个褐色的小疙瘩，纹理整齐，镶嵌致密。我总是耐心地把它抠下来，带回家。抠不动的，就连一小段树枝，一起折下来。

到家里，姥姥看到，说：这是“糖狼”。碰上有空，姥姥就把糖狼放在火炉的铁盖上，慢慢烤。一边烤一边念：“糖狼爹，糖狼娘，吃了糖狼不尿床。”烤熟了，让我吃。然而我并不尿床，烤过的糖狼也不好吃，有股子焦煳味。所以后来再带回糖狼，我就直接扔火里，看黄绿的火苗卷过来，舔舐。糖狼滋滋响着，异香扑鼻。

是的，人类往往不知道自己在做什么。

然后日子就飞快地过掉了。从一个学校到另一个学校，一个十年又一个十年。无非总是在各种砖瓦丛林里辗转。小时候的营生早就忘掉。

后来生了孩子，才好像忽然又从头活起。花花草草，虫虫鸟鸟，又都能看见了。有一天，带孩子散步，在枝头看见了这种小疙瘩，小时候的糖狼。忍不住又抠下来，给孩子讲，想起自己小时候。但家里没有火炉，就随手搁在阳台上。

有一天，不得了了。从这个小木疙瘩里，纷纷乱乱，钻出了一大群，活的，小螳螂。我当时就大叫了一声。原来“糖狼”，就是螳螂。

那种震撼，是人生观突然被颠覆的那一种，终生难忘。

二〇一七年四月十八日

126

有段日子，父母晚上不回家，甚至几天都不回家。

这种时候，就会从老家请来亲戚，照看我们姊妹。我十来岁，最小的妹妹两三岁。有时是姑姑。我有三个姑姑，每个姑姑都来过，二姑和四姑来得最多。二姑胖，四姑瘦；二姑会做饭会做衣服，四姑会讲故事。其实四姑就是三姑，爷爷奶奶的第三个孩子是男孩，我的大伯父，怕不好养，就排着两个姐姐行了三，叫“妮”。真正的三姑也就自然而然行了四。爷爷奶奶一生五子三女，寿逾八十，四世同堂。虽然终身未免清贫劳苦，如今想来，也算是圆满人生。

有时候是奶奶来。奶奶儿媳多，不肯一碗水端不平，来了就几家都去看看，住不久。有时候是伯伯、叔叔来，有时候是表哥们来。男人到底粗心，照顾不了孩子，但是会带着我们到处野玩，所以也还受欢迎。还有一次，是爷爷来。我妈后来抱怨，说爷爷不知道做菜，整天给我们吃剩饭，有次一锅粥喝了一整天。现在想来，爷爷当时也是七十多岁的老人了。我们玩的时候，他经常一个人拄着拐杖，站在门口，看着远处，站很久。应该也是眼巴眼望地等有人回来吧。

有时候老家没人能来，就把我们交给邻居。邻居有时在我家住，有时就是临睡前来看一眼，叮嘱关灯，然后帮我们把门从外面锁上，第二天一早再来打开。

关灯锁门后，姊妹几个挤在一张床上。黑灯瞎火里，开始还唧唧喳喳说笑，打闹，乱踹，抱怨。很快，最小的妹妹就睡着了。其他妹妹也陆续睡着。均匀的呼吸，游走在温柔的黑暗里。远处的黑暗，渐渐从四面八方弥漫而来。偶尔，邻家的狗会叫。遥遥不知什么地方，有不知是什么的声音传来。像歌，像哭，像鸟，像兽。刹那清晰又转瞬模糊。断断续续，缥缥缈缈，细听就没了。

父母不在家的夜晚，屋外即洪荒。

二〇一七年五月二十七日

127

第一次进县城，是初中毕业参加中考。英语老师带队，十几二十个孩子，一起住在火车站旁一家小旅馆里。

住下不久天就黑了。城里的东西大都新鲜，首先是灯，远远近近亮着。旅馆里人声喧哗。第二天有考试，老师叮嘱早睡，所以早早就躺下。但是睡不着。人声渐渐沉寂，仍然睡不着。路灯的光射进窗户，车辆驶过轰隆隆作响。忽然响起警笛声，一辆警车渐渐驶近，又驶远。都是乡村之夜不曾有过的新鲜经验。开始胡乱想象是哪里出了案子，脑补出几万字的情节。

后来考上高中，住校了，才知道这警车天天在街上转悠，警笛也每天晚上都响几次。

那次考试对我意义重大，我从此离开了家。住校，一个月才回一次。三年后又考一次，离家更远了，半年才回。渐行渐远。

每当午夜醒转，听着远远马路上车辆驶过的声音，我就知道，自己还在异乡。

二〇一七年五月二十九日

128

春天时候，花盆里忽然长出两棵辣椒苗。大概是洗菜水浇花时落下的种子。没人搭理，它们就和盆里的绿植一起，长叶子，抽嫩条，慢慢长到一尺多高。看起来相当茁壮，也就没人打算拔。

忽然有一天，其中一棵开了小白花，花落后，结出一粒绿豆大小的辣椒。大家都很惊奇，天天去看，眼看着从绿豆大小，长成花生米大小，手指头大小，最后居然长成一个弯弯翘翘、十几厘米长的大辣椒。终于在众人的啧啧称赞中，大辣椒泛红了。欢天喜地摘下来，配三四个鸡蛋，炒了一盘，人人都尝了一口，仿佛意外之财。

没想到的是，过段时间，这棵辣椒又结了一个。在众人的惊讶瞩目和交口称赞中，十几天后，又一枚大辣椒，羞涩泛红，被端上餐桌。而另外一棵，除了长叶子，长高，开花，落花，枝头一直空空，什么动静都没有。大家甚至开始讨论，要不要拔掉它，给另一棵腾腾地儿。终究因为手懒，没人管。

过一段，高产辣椒又结了一个。这次大家觉得它简直是个功臣，吃的时候甚至未免带点儿歉意。对那棵枝头空空的，则未免开始有些轻视，惋惜。

可是有一天，那棵懒辣椒，一下结了四个。几乎转眼，就从“小绿豆”，长到十几厘米。枝条都压弯了。这么猝不及防，大家甚至来不及夸。

忽然觉得，大器晚成这事儿，其实挺吃亏的。

二〇一七年十一月二十六日

129

还记得小时候的冬天，晚上。

院门关上，房门关上。外屋的灯熄了，里屋的门也关上，棉门帘放下来。

里屋的一角，有个小小煤炉，炭火通红，炉子上的水壶，烧得滋滋响。另一角的三屉桌上，掌着一盏煤油灯。玻璃灯罩的内壁，姥爷已经用筷子顶着软纸团，擦得透亮。煤油也加满了，灯苗一跳一跳，屋里人的影子，变得格外大，投射在房顶上，一晃一晃。

姥爷坐在灯前写字，或者喝酒。姥姥靠在床上，我躺在被窝里。有时看糊墙的报纸；有时用指头在墙上点点画画；有时交替眯起眼睛，看被子的阴影高高低低。

窗外有风，或者有雪。可是没关系。我们都在家。黄狗躺在柴禾屋里，狸猫蜷在炉子旁边。鸡窝的门已经堵好。叽叽喳喳的家雀儿，已经缩在檐下。最爱夜里跑来跑去的老鼠，也都安静。

万事万物，相依为命。

二〇一七年十一月二十六日

130

小时候，花儿的用处好像只有一个，就是结果子。苹果，桃，梨，樱桃，甚至枣，没人讨论它们的花什么样子，是不是好看，只要能多多挂果儿就好了。如果不能结果儿，这个花儿就是没用的，没人在乎它。随随便便弃置在路边。像马路边的梧桐，大朵大朵开了，又大朵大朵落下，砸得路面啪嗒啪嗒响，没人管。路边的野花再好看，也没人在乎，随随便便就踩过去，或者揪下来。牵牛花，打碗碗花，如果爬得太多，都是拖去沤肥的。

有一个场合例外，就是办白事的时候。到处都是尺寸大得夸张、颜色艳得过分的花。纸的，薄薄的彩纸做成。一个人一辈子应该见过的花，好像都堆到这一刻。阔气的人家，院子里堆不下，溢到巷子里。但是没人去碰这些花，小孩子也不。那些过分夸张的尺寸和艳丽，和吹吹打打的热闹，仿佛都只属于另一个世界。

逢年过节时喜庆的花，并不是这样的。小小的，半合拢，很羞怯的粉，或者红，一层崭新的蜡光，透着乡间的精致和讲究。小女孩别在头发或者扣眼儿上，走亲戚的妇女，插在装馍馍点心的篼子沿儿上。

所以后来，看到牡丹、芍药，都不觉得它们是“花儿”。太像画上的或者那种特定场合的“花”。就像某个女人，如果太像挂历上的美女，就叫人无由亲近。

二〇一八年五月十日

131

每个古老的家族，都有不可告人的秘密，我家也是。

我出生的时候，大概给我妈添了不少麻烦。时值隆冬，房间冰冷，炭火微弱，不足御寒，我又不肯好好落草，一连折腾了我妈好几天。乡下医疗条件不好，医生经验不足，好容易找到一位老大夫，才把我拽出来。那是我妈第一次生孩子，每每提及，她都面有悸色，说差点死了。

再后来，我奶奶来了，听了以后，说我是“横生倒养”，命硬，克娘。于是一手操办，给我认了个“石头干娘”。我姥姥不理会这一套，我跟着姥姥长大，所以从没人跟我提起过。直到都上中学了，已经回到父母身边，忽然有一天，我妈说漏了嘴。我再问，她却不肯说。

每个古老的家族，都有不可告人的秘密，我家也是。你看，我就到现在都不知道，我的“石头干娘”是干什么的，在哪儿。

二〇一八年五月十三日

132

最喜欢走的，是雨后初晴，刚被人踩平的田间小路。平整，微潮，细密，无尘，遥遥一线，伸向远方。青草、泥泞和石子，都闪在两边。赤足走过，吧嗒、吧嗒，凉爽熨帖的感觉，从脚心直抵全身。或者雨后的院子里。没铺砖的地方，早都被踩得瓷实，青草退在墙角，青苔爬上树身，蚂蚁洞只留一个小之又小的口。青黑略潮的平整地面，都是我的。写作业，看蚂蚁，藏槐叶，寻蝉蜕。头上是槐树荫，或者梧桐荫。

最不喜走的，是大太阳下的柏油路。记得有一天，作业写到一半，笔没了，要去前街的书店买。家里习惯赤脚，出门就忘了穿鞋。吧嗒、吧嗒跑到前街，才发现太阳是白花花的。柏油路已经晒得发软，踩上去，软绵绵地往下陷，马上又烫得跳起来。就这样一路跳着脚到了书店。又一路跳着回来。

走过的路，脚都知道。

二〇一八年九月十日

133

小时候最喜欢的一种花，是在别人家看到的。

那家在我上学路上，每天经过。如果大门开着，眼光绕过影壁，能看到一点点院子里的情形，但通常关着。他家也没小孩，没理由进去玩。忽然有一天，妈妈带我去串门，原来居然是亲戚。小地方，似乎每家都有些奇奇怪怪的亲戚关系。

比如有个怪女人，几乎从来不说话，每次遇见，都是低着头袖着手在街上慢吞吞走，有人打招呼，也只笑笑。一天我妈忽然说，她是我妈介绍，从很远的外村嫁来的。但结婚十几年，一直没有“解怀”，所以大家都不好意思。当时纳闷，“解怀”有什么难的，解开扣子谁不会。后来自然知道了。

我妈在屋里跟人聊天，家长里短。我在院子里玩。就是这个时候，看见了那个花。绿蓬蓬的一大簇，叶子青翠纤细，红色小花，亭亭缀立。已经上了两年学，读过“闪闪的星星蓝蓝的天”，八九岁的孩子，对“星星”“月亮”这样的词，开始产生了莫名的文艺小萌动。看见“星星”之类字样，眼神里会不由自主往外飘星星。可是这种花，直接就把自己开成了星星，而且还是那种，小女孩最爱又不太敢穿的，大红裙子的红。每一朵红星星，都是一个骄傲的小姑娘亭亭的裙，大大方方，朝向阳光。

第一次见，就这么把自己看傻了。不敢相信世上还有这么骄傲的花朵。不敢碰，甚至不敢太走近，更不敢掐。就那么带着羡慕傻看着。我家没有这种花。别处也没见过。这是第一次。

长大后又见过几次，也知道了名字，茑萝，却不喜欢。觉得这两个字，有攀附嫌疑，配不上她的骄傲和亭亭，也配不上她小巧却当仁不让的红。

去年回家，发现我妈也种了，爬满墙头，满坑满谷。每朵小红星，都开得认真烂漫，像八九岁的孩子，仰着骄傲的小脸。看我围着转，我妈说：这花不好，长得太旺，别的花都长不起来了。说着，随手就扯掉一棵，扔到路旁沟里，沤绿肥去了。细长的花秧拖在地上，红色的小星星们一颤一颤，像在跳舞。

我妈喜欢养花，花也长得好，可是并不太爱惜。有一年我从北京给她带回两棵白丁香，种在屋旁，眼看要开花了，下大雨，鸡没地儿躲。我妈就把十几只鸡都轰到丁香树下，拉网拦上。丁香就被啄死了。

茑萝架下，我捡了一小包种子，带回北京，可是一直没有种。喜欢，就是不去动她。

这点我跟我妈不太一样。再说，我也没地方。

二〇一八年九月十日

134

每日读诗，读到陆游的这一首："桐阴清润雨余天，檐铎摇风破昼眠。梦到画堂人不见，一双轻燕蹴筝弦。"

题目很长，像篇小文，交代了诗的来龙去脉：“夏日昼寝，梦游一院，阒然无人，帘影满堂。惟燕蹋筝弦有声，觉而闻铁铎，风响璆然，殆所梦也耶？因得绝句。”

恍惚就回到了儿时的大院子。高天上阳光泼洒，院子里花树烂漫，知了在叫。姥爷去上班了，姥姥在午休。黄狗大约是卧在院门口的木槿树下，狸猫不知去了哪里。我坐在南院核桃树荫里的大石磨盘上，专心磨一块红陶碎片。不知什么瓦盆或陶罐的碎片，前院泥土里，随便翻翻就能捡到。边缘磨圆，中间钻一个孔，穿上线。线头系上，两个指头钩起，带陶片的那侧因为沉，会坠下去一些，开始甩。等线缠紧，使劲一拉，拉直，陶片就飞快地反转回去，一圈又一圈。玩的就是这个。

不知磨了多久，手指染满陶末，忽然被周围的安静惊到。抬头望望，并无一人。太阳很高，树荫匝地，知了还在叫。只有邻家房顶的铁风鸡，吱扭扭转了下。低头又去磨。有时天上会有很小很小的飞机飞过，那是我从不知道的外面的世界。

在那个“阒然无人”的大院子，我不知住了多少年。一看到这个词，就好像回去了。所以其实，那么多年读诗，一直读的是自己小时候。

二〇一九年七月九日

135

飞机餐里，居然有几角青豌豆。咬一口，青涩清香瞬间弥漫，一下就回到了那片洒满阳光的豌豆地。

小时候，住的地方人烟稀少。一大片田，走着走着，村庄就变成了远方黑点。三三两两黑点，散落天际，有的去过，有的没去过。也许只是因为人小，才觉得天地大。房是矮的，树是矮的，人更矮。一个小孩在田野里，随时可以隐身。大太阳无遮拦地泼洒下来，到处都是耀眼的光。一片树凉，一段墙阴，一团云影，不过偶然投落，所以心虚，待不住，踩着小碎步快快溜走了。

夏天的田野，到处都是吃的。家里关不住小孩子。经过玉米地，刚灌浆的玉米是甜的，玉米秸也是甜的。经过花生地，刚扎进土里的小角是甜的。龙葵结的小黑球是甜的。野生的苘麻，黄花落后结出青青果窠，掰开，里面的白籽也是甜的。蚂蚱可以烧了吃，知了可以烤了吃。满地爬的瓜泡不能吃，摘了装在兜里，搓软，闻着也是甜的。一片玉米地，就是孩子的一片无尽藏。

有一天，偶尔走到大片玉米地的尽头，意外发现一块方方正正的豌豆地。粉的、白的、红的、紫的小花正开，蜂蝶乱飞。花落的地方，结着大大小小的荚。有的扁平，有的略鼓。拣略鼓的掰开，里面一排青色豆粒，小纽扣一般。舌尖一舔，都落下来。咬破，汪水四溅。那种滋味终生难忘。

怕远远有人看见，尽量蹲下，缩进豌豆棵中。大中午，路上并没人。一个穿花布衫的小孩，大概和豌豆花也差不多吧。仍不放心，假装自己在拔草，手忙脚乱扯几个豌豆角填进嘴里，再悠然四顾，拔几棵草。左右无人，赶紧再吃几口，继续假装拔草。很小心地把豌豆皮收在口袋里，打算走到别处扔掉。都是无师自通、当场天然就会的。

远处谁家大人唤名，叫野玩的孩子回家吃饭。我也慢慢起身，攥着拔好的草，像个能干活的大孩子一样，回家了。那片豌豆地，当时于我，像个隐秘的乐园，好像没人知道。

那种滋味，那种阳光，几十年后瞬间想起，历历清晰。眼前的豆，舷窗外的阳光，都像极。云端，亦如花间。

乐乐不喜欢吃，把几角豌豆都拨给我，我把自己的虾仁给了他。他的味蕾里，没有那样洒满阳光的豌豆地。

二〇一九年九月六日

136

高中时，住校，每周回家一次。家和县城间有一趟火车。那条铁路，我爸叫津浦线，书上叫京沪线。一个周日下午，爸爸送我去车站，不记得为什么，父女间正冷战。月台上稀稀落落几个人，等着火车不知什么时候开过来。绿皮慢车，经常晚点。爸爸试图跟我聊天，我不想理他。他有一搭没一搭说着，我看着别处，不说话。初冬的平原，一望很远。远山，远树，都在暮色里。蓦地想起这句话："平林漠漠烟如织，寒山一带伤心碧。"居然每个字都和眼前一样。忽然意识到，书上那些句子，不再只是文字，而是和自己息息相关。心里一遍遍默念，专注在自己的"平林漠漠"里，任凭爸爸的声音若有若无。

当然现在，早已经意识到，真正和我息息相关的，还是我爹。虽然中间，用了二十年。好在如今，那条铁路线的旁边多了高铁。原来十二个小时的归程，现在只三个小时就够了。

二〇一四年十二月十二日初记

父母从老家来北京看我，和以前一样，爸爸边喝酒边絮叨。老了的人，像架旧留声机，吱吱啦啦，一直重复播放着三十年前的老话题。——不知我们老了，会不会也这样。

二〇一九年九月九日补记

137

小时候没有性别观念，似乎好多年，就那么短裤短褂，趴或坐在树荫下的泥土地上，混混沌沌生长。

一旦去了某位远房大娘家，情形立刻不同。她只有两个儿子，极喜小女孩。缝纫机的小抽屉里，永远有各式各样的花布条。先把两个小辫儿扎起来，系上大大的蝴蝶结，再换上花裙子，牵着手一起出门。大我两岁的哥哥，小我两岁的弟弟，乖乖跟在后面。从大院里，走到大街上，又威风，又害臊。出门经常也并没有别的什么事，就是大娘跟碰到的熟人打个招呼，顺便让人看看这些蝴蝶结和小裙子。

没穿惯裙子，走起路来有点磕磕绊绊。蝴蝶结也太大，头上有失重的感觉。扭捏却开心。每次去大娘家走亲戚，都被留住好几天，每天梳好几回小辫，换好几条蝴蝶结。有一对粉色的，又宽又长，丝线锁边，我戴回了家。

回家就没人管我梳小辫的事了。头发也经常被剪短。所以很盼着去大娘家走亲戚。好在一两年会去一次。哥哥和弟弟都在长大。到我读高中，哥哥就离家去上大学了。弟弟还是个初中生，开始练拳击，大大的拳击手套伸过来，我推都推不动。我睡他的房间，他去睡沙发。我用他的录音机听小虎队，看他墙上贴的伊能静。他有了一群狐朋狗友，呼啸而来，又呼啸而去。晚上终于回家，直接走到冰箱前，拿出一罐可乐，咕咚咕咚灌下去，咣当一声，把空罐扔到门外花坛里。这一声金属质地的“咣当”，在晚上公安局空荡静寂的大院里，格外响亮。我想跟他聊聊学习，一开口，他就用听不懂的眼神果断制止了我。

多年后想起来，那情景，很像是唐诗里的咸阳游侠少年，银鞍白马春风。后来我去读书，他也工作了，好多年不见。

上周忽然接到妹妹电话，说他体检小异，要到北京检查。当天晚上人就到了。北京太大，人俗事多，第三天下午，我才有时间去看他。去医院的路上，不由想起小时种种。想起那对大蝴蝶结。想起静夜里易拉罐那声清脆的“咣当”。如今已是白头姐弟。泪就出来了。

下车前小心全擦掉。还是要笑着去看他。

二〇一九年九月二十五日

138

乐乐要开运动会，嘱我把号码牌缀在衣服上。本想四个别针一角一个，又怕泼小子们没轻没重、乱说乱动，扎了皮肉，只好找出针线盒，重温女红。

一手拈线，一手举针，对着灯光，纫了几次，居然没穿进去。眼花了？

忽然想起小时候，帮大人纫针，几乎是我的专利。亮晶晶的针眼，轻灵灵的线，一穿即过。不明白有什么难的。

叹了口气。想，如果生的是个女儿，这活儿应该她自己就做了。如果不读书，当年早点儿嫁人，“十六生儿字阿侯”，子又生孙、孙又生子，现在我也该有个乖巧伶俐的小孙女替自己穿针了。

人生哪有那么多假如。

二〇一九年九月二十九日

139

高铁快进在东北大地上。沿线有残雪，大片枯黄的田野，成排浅灰的树林。一轮落日忽然斜照过来，远天嫣红，林间光线橙黄，河流冰面反光晶莹，天地间像块儿水果糖。突如其来的甜，有些恍惚。

这是姥姥、姥爷年轻时曾经走过的地方。我不知他们当年有过怎样的颠沛流离，在那个战乱频仍的时代，从山东到东北，又从东北回到山东。但现在，都封在时光的湿润琥珀里。

奉天，皇姑屯。他们大概不会想到，晚年一手带大的那个孩子，几十年后会踏上这片土地。虽然已经毫无踪迹可寻，但这光线，这空气，这天地之间蕴含的人与事，都在微微战栗。

二〇一九年十二月十四日

140

父母的家，门口是大片田野，种着各种庄稼，一望无人。小麦，玉米，红薯，大豆。

小麦从冬天就有了，残雪地里，一线线的青。开春后，嗖嗖拔节，转眼又由绿变黄，平展展的金黄毡。中间偶尔会挺出一两株大麦，长长的芒。就像玉米地里偶尔会长出一两株高粱，大豆地里偶尔会长出几丛绿豆。随意。还有各种草。

万物生长的时候，大地是隐蔽的，沉默的，几乎不被看见。待到收获，就不一样了。割完麦子的地，只剩下麦茬，一道道犁开，土块翻转，原来藏在地下的根须，全部朝天。犁沟里播下玉米种子。玉米苗长到一两尺高，麦茬渐朽成肥，大地重新隐入绿色。玉米渐渐长高吐缨成熟，等掰完棒子，砍倒秫秸，大地又被犁开，播上麦子。等寒霜，等雪封，等下一个春天。

我妈在门口自家地里，种过一小片花生。黄花未落，就天天跑去看。果针扎下去，就拎出来看长了多大。刚结成小纽还没生仁儿，就先揪下来尝。幸好种得多，没等尝完，剩下的就长大了。终于等到拔花生。沙土松软，连秧一拔，根上的花生都带出来。怕有漏网的，再把所有土地细细刨一遍。然而无论怎么仔细，还是捡不干净。一场雨后，东一棵西一棵冒出胖胖的花生苗，让人惋惜。

更壮观的，是挖红薯。先把几米长的秧子割掉，拖走堆一旁，大地像被剃秃。安稳了一季的各色昆虫，四散惊逃。再掘开根下，一坨红薯露出来。红薯在地下也是四散游走的，有时离根很远，所以要深挖。这时候，我就看到了土地的内部。

从土里拔过草，抠过花生，刨过土豆和红薯，大地以下五十厘米的事情——根系，石子，蚯蚓，蚂蚁，蛴螬窟，蟋蟀洞，我都很熟悉。

我见过祖父的下葬，爸爸和伯伯、叔叔仔细清扫小小的墓坑，把更小的那个盒子放进去。大地以下一米的事情，我也知道。

从书上看到，家乡的土地下面，挖出过成批的青铜器。有些带铭文。那是大地更深处的事情，我还不知道。

二〇二〇年六月九日

141

从网上下载了一批老照片的书，闲来无事，慢慢翻看。都是二十世纪二三十年代的情景。开始很高兴，那么多老物件我都认识，有些甚至小时候还见过：油灯，推车，货郎，供桌，打铁，锔锅，脱坯，背窑，发髻，大褂……不由想感谢小时候那段乡村生活，给了我一个窥视鲜活历史的小窗口。

屈指算了下，这些照片距我小时候，大概四五十年。

我现在距我小时候，也有四五十年了。——笑容渐渐凝固。

看到书中那些陌生又熟悉的东方面孔，仿佛是从泥土中冒出来，也莫名有些难过。

遥想历史上，可能经常有这样的情景吧：忽然不知从哪儿来了很多人。又忽然，人都不知道哪儿去了。

二〇二〇年七月九日

142

还记得高考之后，放榜的那一天。不知怎么，就成了榜上的第一名。

看榜的人很多，有人眼睛一边搜索，一边随口问爸爸：孩子考了哪儿。爸爸说：第一个。至今记得那人忽然转过头来的样子，和周围人的眼神。都是陌生人。但站在人群里，我当时觉得，这些好像跟我都没关系。心静如水。

本来应该是非常高兴的。走回家的路上，我觉得自己应该像作文里写的，快乐得要飞起来，或者心扑通扑通跳。都没有。就是那么一步一步，慢慢地，从好几里路外的车站，走回了小村子里的家。乡路两旁，都是青翠的庄稼。

刚刚，收到一份杂志寄出的消息。上面有我一篇文章。改变专业方向学习名物以来，三年多了，这是第一篇像样的论文。毕业二十年，也终于略有小成。分头向几位至近师友通报了消息，致以谢意。给扬之水先生写完“总算不负多年教诲”“教诲深恩，没齿难忘”几个字，忽然落泪。

是那种秋日黄昏，独自站在庄稼地里的感觉。果实累垂，一扭头，却看到了夕阳西下，秋风渐起。

二〇二〇年八月十八日

143

希望有一个院子，院墙外种一大片茑萝。

院子里有几棵老树。老得不能开花的那种。树下有青苔。墙角堆几个花盆，青泥小盆，花草随心。一个旧缸，接一缸雨水，养一队小鱼。或者几枝藕花，叶底藏一只老龟。如果龟啃藕根，就要捞出去。

有一个石台，夏夜摆水杯，冬天落雪，可用枯枝画字。

偶尔有人来说说话。

门口有小路，弯弯曲曲走出小巷。已经不想走太远。

下雨的日子不想干活，做一点白日梦。

二〇二〇年九月十五日

144

回学校，走在图书馆和五院之间的那条路上，看到五院墙外，青草已经长到半墙高。忽然想起，大概一九九一或者一九九二年的暑假，自己提前回校，也是走在这条路上。当时校园里没什么人，连旁边二体的操场上，都是安静的。忽然就在墙边这片草丛里，看见一只篮球。我站住了。

我不会打篮球。暑假回家的时候，看见弟弟在打。他那时七八岁，刚上小学，不知从哪儿捡了只旧的，打得兴高采烈。那只球四处漏气，一拍瘪一块，落在地上弹不起来，变成个半圆趴着。踢一脚，像踢一团破棉花。但他玩得很起劲。当时我们住在一个小村子里，不知去哪儿给他买篮球，也没钱买。毕竟不是必需的东西，只是玩儿。这只软趴趴、脏兮兮的球，我们玩了一个暑假。

现在，一只圆滚滚、红艳艳的真篮球，就躺在我面前的草丛中。周围没有一个人。我很想捡起来，马上递到弟弟手中，看他抱着，扔起来，看球落到地上马上弹起，看他冲上去拍。可他在千里外的山东老家。去邮局寄一只篮球，会很奇怪吧。会被盘问吧。会花好几块邮费吧。想想就没有勇气了。带回宿舍，也要半年后才能回家。而且宿舍那么小，能放在哪儿呢？何况这球，是有主人的吧。

呆立着的这一小会儿，已经有无数想法跑过脑子，至此万念俱息。只能满心惋惜地看着那个球，于高树阳光、灰墙茂草间，默默体味时空之限。然后走开了。

后来再经过那条路，总会下意识去看草丛中，球已经不在了。也许是旧主人，已经把它找回去了。

今天又经过这里，茂草依然，依然没有球。但当年那个七八岁的小男孩，现在已经快四十岁了。

二〇二一年九月二十三日

145

小时候长在农村，大概五六岁就学着栽种。最早是从桃林里往家移桃核发芽生出的小苗。后来埋过杏核，点过瓜子，泡过樱桃枝，压过月季条。没嫁接过，这种有门槛的技术，接触不到。

点瓜子，是跟着新妗子。初嫁来时，她性格非常好，愿意俯就迎合小孩子。闲时带我，在园里刨出一排小坑，把吃剩的瓜子，一个小坑里撒两三粒。瓜子要立着放，大头朝上。结出的向日葵会转头。这都是我闻所未闻的新知识，从未经历的新事件，人前马后跑得很起劲儿。好奇而期待。瓜子发芽了，还没长高，就分家了。那些向日葵也不知哪儿去了，没人见过它们长大，开花。

种杏仁是我们搬家以后。在门前一片沙地上，长成了二尺来高的小树苗。这几乎是我栽培生涯的最高成就。每天出门前、放学后，都会看一看，天天浇水。然而有一天，因为这棵树苗，忽然跟邻家孩子起了争端，他坚称是他种的，是他家的。我当然不让。放学回来，发现树苗已经被拔掉了，剁成几截。痛哭了一场，要去拼架，被大人哄笑制止。后来再没种过。

压过几次月季，总不成功，到底是别人把压好生根的送给我。因为总想挖开土，看看根长得怎么样了。所以总也不长。

后来养绿植。慢慢不再喜欢直接买大树，总觉得像家里平白多了个陌生的成年人。也不喜欢鲜切花，觉得是被生生掐断，有点歉疚。喜欢随便从哪儿捡个小苗，随意养。读书时从学校东门内的小摊上，买过一盆尺来高的巴西木，毕业后带上了，几次搬家也没扔，现在已经截断重插四五次，每株都两米多，几度开花。算来跟着我已经二十多年。从楼下的装修垃圾里，捡过一截筷子长短的绿梗，当时以为是令箭荷花，随手插到空盆里。漫不经心浇了几年水，突然含苞，膨大，清夜绽放，馨香流布，居然是昙花。这一惊且喜，非同小可。

最近又添了几株桂花苗，佛手苗，牡丹苗，菊苗，一一安插在小盆中。阴天，雨落，天渐凉。雨意，天空，树木，砖缝中的青苔，一并静默。泥土里的根们，在做什么，我现在已经不那么想知道了。

等着就好。

二〇二一年十月九日

146

北方人，活得粗糙，很少精心莳弄花草。偶尔几株，都是皮实好养的，有一搭没一搭浇水，大半靠天意活着。

花草们也旁逸斜出，想怎么长就怎么长。最近忽然对兰花感了兴趣，下单买了几苗。收到后，查阅各种指南，按步骤消毒，浸植料，上盆，固定。定植的刹那，有点儿惊艳。虽然以前常见各种兰花图，并不觉得怎么好，或者说，觉得那种“好”是当然的，画嘛。当画成真、真在眼前，那种疏淡轻展，霎时还是呆了下。更加积极地，每天定时浇水、喷水。打算定个闹钟。

隐隐也生了担心，养在办公室里，周末和放假可怎么办呢？北方天该冷了，怎么办？暖气太燥，怎么办？柔弱如斯，竟能拴人。马上就元旦了。带回家吧，春节终归也是要离开一段。也许还会有其他变动，不肯再想。寥寥数叶，所需不过是安稳相守。

我出生那年，尼克松访华。姥爷、姥姥虽然远在偏隅，想必也是松了一口气，给我取小名“平”，“和平”的平。我小时候睡过的一个蚕沙枕头，大红布面，上面白线绣着“和平”两个字和一朵菊花。我好几岁了还见过这个枕头，自然不再用，只拿来玩。手贱抠破，蚕沙漏一地，遇水化成一摊绿泥。高中毕业时，老师辅导填档案，说名字要固定下来，以后就不能再改了。之前只是记音，从家长到老师，都是平、苹、萍乱写的。我自作主张选了“萍”，一直用到现在。也许是改坏了，十岁时从那个院子漂出来，再没回去过。以后又漂过几个地方，幸有天意，终属平安。

下午单位组织看电影，在轰炸声中坐了三个小时。

世事安稳，已四十九年。

二〇二一年十月十四日

147

前两天和办公室的小朋友聊起养花，我重复了自己的观点：喜欢从种子或者小苗苗养起，看它一叶一枝，慢慢展开，长大，像养一个小孩，感情上是亲的。买来大棵的绿植或盛开的盆花，总觉得像家里突然来了个成年人，陌生，要磨合。

小朋友回家讲给父母听了。回来跟我讲：她爸说，还是喜欢买大盆的，盛开的，“哪儿还有那么多时间去等”。她说：“一时竟不知怎么开导，安慰。”

我也不知。相对怃然，俱各无言。

下班后，默默又下单了一盆带花箭的兰草。

人生看得几清明。

二〇二一年十月二十二日

148

十几年前被拐卖的两个深圳男孩，都在山东被找到，一点也不意外。鲁南农村的重男轻女，当然很严重。

十岁到十七岁经历的每一个生活细节，都曾让我清晰而深刻地感受到。从不愿提及。伦理、亲情、恩义、社会、乡俗，一块块大牌子，树在那里，无法逾越。唯有远离。并且一旦可能，把妹妹们也带了出来。那时我才知道，至少在北京，女性没有半年一次的强制性体检和上环。

前两年网上讨论过山东女性吃饭不上桌，颇热闹，好几位朋友参加，战况胶着。可这只是最表一层而已。更深的，能问吗?

见过太多的卑微。卑微者又把这卑微，压制性代代传递。压制者，同时也被压制，被缚者亦织网缚人，两副面孔，可恶可怜，如堕轮回。我们逃离，宁愿没有故土。当然所谓“故土”，也没打算给我们留一寸土。

回望儿时的温情，唯有氤氲一片的树的颜色、草的气味、夕阳的光照、蜻蜓的翅膀、蝉的长吟……而已。人事，大都影影绰绰。看清楚了，就有不愉快。

几十年来，有没有尽一己之力，努力去改变？没。无物之阵，无处不在，却无处施力。甚至不知对面究竟是谁。“女”固然“轻”，很多“男”，也并没有被“重”。生如草芥。有时残忍地想，大概只有等那几代人都消失，问题也就自然不存在。

一生走南闯北、垂老之年落叶归根的姥爷、姥姥，自然都知道。他们所做的，就是一出生，便把我留在身边，亲自带大。没交给我父母，更没交给爷爷、奶奶。终生只停留在那片土地上的人，大都也只知“从来如此”。那份宠溺，曾让所有的亲戚邻居不解，诧异，觉得过分，认为我被“惯坏了”。却替无知无觉的我，遮去了人生无数风雨。

所以，在生命的最初十年，我得以像一个正常世界的儿童，自由长大，并且获得一旦长成就振翅离开的能力。这在当时，甚至现在我所知的鲁南农村，都没有几个女孩子可以做到。

无关血缘。恩重如山。

二〇二一年十二月八日

149

应该是小学一年级，学到篇课文，《小猫钓鱼》，有个新词“三心二意”，我觉得不对。“三心”怎么“二意”

呢？不够分啊，应该“一心二意”才是。三个心，才两个意，够专的了。去问老师，忘了老师怎么说，但肯定没解决我的问题，所以每次写作业，我都理直气壮、工工整整写“一心二意”。老师改成“三心二意”，我再写“一心二意”。就是不对嘛。

类似还有一个“三天打鱼，两天晒网”，我也不明白怎么就指不好好学习了。都打三天鱼了，不挺勤快的吗？网也需要天天都晒一下啊。磨刀不误砍柴工，晒网怎么就耽误打鱼？

这种迷惑大概持续了整个小学。懵懂而坚定，单向线性而深怀殷忧。忽然不知哪天，就明白了。好像有光从别的地方照过来。

或者只是不跟自己较劲了。

二〇二一年十二月二十五日

150

最近瞎看，看到长春在一九四八年的一些事情。

回家忍不住说了两句。结果乐乐爷爷说话了。

爷爷就是那一年随父母从长春回河北唐山老家的。围城之前。

然后爷爷的爷爷、奶奶开始往回走。爷爷的奶奶死在路上，没能走到家。现在也说不清葬在哪儿了。有的人没能出城。

爷爷的父母之所以提前一点出发，是因为城里的生意已经不好做，要回老家先看看情况，然后举家回迁。并不是有先见之明。此后的事情也都不明就里。

他们一直在长春做生意，日占后每况愈下。所以才打算回迁。直到现在，爷爷的叔叔全家还在长春。

那一年，爷爷四岁。差不多是乐乐现在的样子。

没想到，历史，就是家事。没想到，乐乐的来时路，有那么长。

二〇一一年三月二十九日初记

二〇二三年三月二十日整理

151

壬寅初夏，不出区，不上班，公交停运。

沿河边散步，一段柏油马路，略破旧，不太宽，阳光下白花花的，笔直往前，路上无人。忽然就想到很多年前，一个夏天的中午，也是这么一条白花花的柏油路。妈妈带着我们三姐妹，在搬家路上。爸爸不知去找什么了，妈妈坐在地排车上，怀里抱着小妹妹，二妹坐在她身边，娘仨撑着一把花阳伞。车停在一棵梧桐树下，有阴凉。我跑下车去玩，沿着柏油路走，路边长着杂草，有些小小的花，蝴蝶。太阳很晒。跑出很远。一回头，看见开满花的梧桐树下，妈妈的车，阳伞。

我往前跑一段，往回跑，又往前跑。追着蝴蝶，追着花朵。不知来路，不知前程。不知过去，不知未来。

只记得太阳很大，和白花花的无人马路。

二〇二二年五月二十二日

152

十几岁时，在高中校园里。有一天，看见晚霞映在教室的玻璃窗上，像一片大火，熊熊燃烧却静谧无声，看了很久。还有一天，风很大，蓝色的窗帘布被吹得鼓起来，呼啦一声卷到窗外。窗外天很蓝，绿杨树叶哗啦啦响。教室里的书页，也被吹得哗啦啦响。偶尔担心七月的考试能不能如期举行。

有年中秋，在医院一个人过。第一次怀疑，那么多年的努力，那么多人给予过关爱，难道都是为了恰巧在彼时彼刻，走进至暗?

癸未春节，执意南行，在佛山禅城住了十几天。随人流到处走，漫无目标看山，看水，看园林，看花市，看狮子，看人间香火。记得一家墙外，有过人头高的仙人掌。一家门前，有叶子比手掌还大的旱地莲。水池里有那么多鱼。在南国的潮湿温润、无边香火中，生命的水分一点一点回来。当年往返，都是二十四小时密封车厢。回程听人谈论口罩和板蓝根，根本不知发生了什么。

孩子三四岁时，有次忽然问："为什么我是你们家的小孩，不是别人家的小狗小猫，一朵花？"竟无法回答。

看一个人远远走来，阳光在他背后，突然刺眼。

后知后觉的人生，无非"侥幸"二字。一路至今。

二〇二二年六月七日

153

午梦，梦见自己一个人到处游荡。

好像还是高中，突然想起要高考，可状态松垮，明显已经很久没复习。瞬间惊慌，想，如果考不上北大怎么办，就再也回不到自己现在的生活了，人生后半段都会被改写。又想起，好像才高二，还有时间，马上努力应该来得及，记忆里的高中时光，虽只三年，却是漫长的。稍稍安稳，转念又想，竞争那么激烈，山东考生那么多，哪还会再有那么好的运气？考上的概率着实不大，这辈子遇到过的人、经历过的事，可能都不会再来，不会再见。又开始惶惶。心一横，想，考不上就算了，随便上哪个学校，去经历另外一份人生，见另外一些人，做另外一些事，也不是不可以。——改变不了现实，就改变自己的想法，一贯的偷懒行径，梦中都不例外。

继续游荡，走到一个大操场，几排人在开会，奇怪的是植物都已经疯长很高，遮住了一半的人和座位，会还在开。像是经过了整个夏天，无人清理。我记得以前，应该人来人往，忙忙碌碌，各司其职，有人大扫除打扫卫生的，现在怎么没人做了呢？又转念想，谁还干这种活儿？大家都很忙。无心听会，转了个弯，走到一处台阶，台阶盘旋而上，也长满了草，上面的高台草木茂密，完全被遮蔽。

隐约记得自己以前分明经常上去的，现在已经无路可攀。

就这么抬眼望着，不知何去何从时，突然惊醒。

手机还在。

二〇二二年六月十二日

154

每到春天，都会有人挑担到村里来卖“小鸡寮”：两个大筐，毛茸茸、黄澄澄的小鸡们挤成一团，吱吱叫，声音纤弱细碎，娇娇怯怯，像春天河水里的浮冰，或者白日青天上的淡月，刚能听见，就融散在空气里，让人欲罢不能。全村的妇女都来挑小鸡，全村的孩子都来看热闹。闹闹喳喳，你挑我捡，终于各各满意而归。钱是先不用付的，等一两个月后，小鸡长大，卖鸡人才来收款。村东或村西，几排几家，买了几只，他神奇地都能记住。

养小鸡，是大人的工作，孩子的快乐。捧在手心，撒米，捉虫，追赶，件件都有趣。初生的小鸡，长得差不多都一样，初来乍到，也不认自家门，为了和邻家的区别开，染上洋红洋绿，有的染在翅膀上，有的染在屁股上，有的染在脑门上。渐渐习惯新环境的小鸡们，开始活泼起来，像一粒粒小绒球，在地上滚来滚去。渴了喝水，饿了吃小米，跑累了就卧下。现在想来，彼时的它们，应该认为世界是明亮的，自己是自由的。

二〇二二年六月二十八日

155

去年秋天去山里玩的时候，采了些牡丹、芍药种子，黝黑发亮，颗粒饱满，煞是喜人。虽然网上说发芽率不高，养五六年才可能见花，但还是满怀希望扔进花盆，肥水阳光样样照顾着，希望今年看到牡丹芽。可到现在都没动静，显然没戏了。想起家附近的小公园里，开春时看到过一大片芍药。五月开花正逢疫情，公园关闭，透过铁栏杆还能看到锦片也似花朵。掐指一算，现在种子该熟，正好去溜达溜达。熟门熟路进去，沿着小路往那个方向走，可来回看了好几遍，只有割草机裁过的平平整整的草皮，再无半点芍药丛痕迹。明明这里有一大片，明明春天开过锦绣一般花朵，怎么全没了呢？

茫然站在那里想了半天。纳闷到要死。

这要是一片牡丹，要是曾在这里遇到过一个人，惦记大半年再找回来，却什么都看不到，真是非死不可。一个闷极欲雨的初秋周末，一位五十岁的析津老太，忽然共情了十五岁的西蜀杜丽娘。

二〇二二年八月十三日

156

叫乐乐吃苹果，洗好放在盘子里，他不动。削好拿给他，他头也不抬说懒得啃。我们小时候，都是直接啃的。切成几块，再递给他。他看了眼，摇头说不想吃。我问为什么，他说：有核。我把核剔掉，他吃了。

乐乐小时候吃的苹果，都是爷爷削好的：削去外皮，剔除顶眼、底眼，切成数块，再剔除果核，只剩下弯弯果肉，橘瓣一样摆在盘子里，全家人围着桌子，一片一片拈着吃。

可是爷爷已经不在了。

二〇二二年九月八日

157

老家来电话，干奶奶走了。九十六岁。

从我记事，她就是个老人，劳苦，一人带大四个儿女。我家刚搬来的时候，租她家的房，她的大儿子已经成家又鳏居，拖着两个幼儿，小的出生才八天妈妈就没了。奶奶用玉米糊糊一口一口喂大，虽然枯黑瘦弱，总算活着。她的小儿子，当时青春期，大概是有些感情烦恼，经常来找我爸妈倾诉当参谋，半天不走。我有时在旁边听着，似懂非懂。他就对我爸妈说，我真是喜欢这个孩子，给我当干闺女吧。我爸妈笑骂：干娘都没有，认什么干闺女。就这么说说笑笑十几年，没人当真。我也上学去了外地。一年放假回老家，去看他家奶奶，酒桌上，又提起这个话头，他说：现在干娘也有了，干弟弟也有了，还不认？我口快，说认就认。他不肯信，起身就去找我父母，这事儿就算定了，我从此有了干爹。

我扭头就去上学了，把一应人情世故、世俗礼数来往，全丢给他们，只是逢年过节打个电话问候下。成年后，回家次数越来越少，见他们就更少。偶尔回一趟，必去看干奶奶，干奶奶必给我拿点心，拿水果，拿一个大碗，倒进半碗白糖，亲自冲上水给我。糖水甜到发齁，我小口小口抿着，全喝光。她并不了解我在外面做什么，我也不知她的这些年日常如何，却拉着手一句问一句答，都是亲密至极的家常话。空气里，口腔里，粘满白糖的温甜。

但我大致知道，她过得并不容易。儿孙多，每家难念的经、难过的关，都树有根、水有源一样，汇到她那儿，加倍忧惧。好几场大的家庭变故，在我看来足以毁灭一个人，她却都熬了过来。有时甚至会吃惊她的存在，几十年前的印象里，她就是满面皱纹表情含悲坐在堂屋小板凳上，几十年后再见，还是这个样子。从五十岁到九十六岁，似乎没有变过。但是终究没能挺过这场波及全村的发烧。

九十六岁，写在讣告里，大概会引来一些歆羡，但我瞥到过她的人生片段，大致知道那是一种怎样的煎熬。一位不识字、从未出过远门的农村老人，应该也不会有人替她写生平。

但她是我的干奶奶。她走过最漫长荒凉的人生，却拉过我的手，给过我最酽的白糖茶。

二〇二三年一月八日

158

气温骤降，爸身体不适，马上送到医院。毕竟有心梗的病根，谁都不敢大意。快八十岁的人了。住院观察，妈妈陪住。晚上我和他们视频聊天，有一搭没一搭。我妈忽然想起，这两天要买些韭菜花。马上就要给妹妹打电话，让去赶集。我说着什么急，等出院再买也行啊。我妈说，就这两天有卖的，过几天就没了。韭菜就是这几天开花。——每年我妈都要腌几斤韭菜花，大葱大姜大蒜大盐大料大辣椒，味足，不仅我爸爱吃，妹夫每次来了，也要带些回去。妹妹的婆婆也要。每年都不够分，不够吃。电话那头，我妈自顾自盘算着，先买个三四斤，搁在冰箱里，出院后就去石碾子上轧碎，腌上。

我回头，看见花盆里的几棵韭菜，也正开出一支长长的白色伞状花序，还是三四年前种的。隔着一千多里路呢，老家的韭菜花，和我的韭菜花，同时开了。真是花开有信。二十四番花信风里，怎么就没有韭菜花呢。

二〇二四年九月三十日

159

很长时间，都被一个问题困惑：记得小时候，有一次吃过一种东西，味道很特别，但不知道叫什么名字。样子也忘了。那个味道非常难忘。不好形容。一想起来，嘴里还会充满这种味道。

说不上香，说不上坏，说不上好吃，但总想念着，困惑着。

一想起来这个味道，就想起了小时候住过的院子，阳光洒在石榴树上。槐树上的吊死鬼在半空晃悠。沾满露水的木槿花落在地上。我在青石板上画火车。猫蜷在门槛前晒太阳。黄狗摇着尾巴伸着舌头喘气。喜鹊偷吃树上的樱桃。核桃树总也不结果子。山墙上的窗户里射进来的阳光里，灰尘在飞舞。天很高很蓝。房子也都很高，很大。树也高。墙也高。——也许因为那时候我比较矮吧。

世界很安静。能听见房顶上铁公鸡吱吱转动的声音。货郎鼓的声音能从好几条巷子以外传过来。

一想起那种味道，所有这些影像和声音都想起来了。

昨天晚上，自己在烤箱里烤了半斤栗子。剥的时候，发现有一粒有些坏了，还没霉，只是有些干，陈旧，不新鲜。没舍得扔，我就自己放嘴里了。那种味道马上回来了。

我就知道了：那是快要坏掉的干栗子的味道。

小时候没有零食，姥姥总是存着一些干枣，干山楂片，干栗子什么的，有时候是中药里的，都挑出来放着，隔一段给我吃几粒。

就是这个味道。

二〇一一年十二月二十九日初记

二〇二三年三月二十日整理

160

高三暑假，我爸带我回老家。我考上大学，他很高兴，带着我到处串亲戚。那天从亲戚家回来，太阳已经偏西，天快黑了。快到家时，我爸忽然来了兴致，要带我去爬家门口那座最高的山。爬上去，山顶无人，只有不知什么年代留下的石臼，灶台，半截石墙，都荒废着。后来想，当时情景很像陶渊明一首《归园田居》中所写："试携子侄辈，披榛步荒墟。徘徊丘垄间，依依昔人居。井灶有遗处，桑竹残朽株。"只是当时不知道有这首诗。我爸也没有什么"一世异朝市"的感慨，只是兴致勃勃告诉我这个，告诉我那个。

山上风大，夜晚尤其冷，待不住，所以很快就下山了。我早早就去睡觉。第二天早晨，看见爸爸，他像报告一个好消息一样，哧哧笑着对我说：“昨天晚上，你爷爷打了我好几拐棍子，嫌我那么晚了，还带你上山。说夜里狼该出来了。还有蛇。”笑了一会儿，又说：“你爷爷用拐棍子打我了。”过了一会儿，又说：“你爷爷有十几年没有用拐棍子打过我了。”满脸压不住的笑。

现在想起来，我爸不是天生就是个大人。我爷爷也并不天生就是个老人。

二〇二三年七月八日

161

网上有人推荐适合庭院栽种的几种树：桂花、玉兰、石榴、海棠，说是金玉满堂。转给一位曾长期生活在沈阳的朋友，他说：“这都不太适合东北吧。”我有些意外，问：“石榴也不行吗？”单位院里好多石榴树，小时候家里也有，现在也有，一直以为就是北方常见树种。他说：“我们可一直把石榴当作南方水果。我在东北就没见过石榴。”地域差异居然如此大。忽然想起同是东北人的一位师弟，有次也说，小时候从没见过槐树，听得我匪夷所思。我小学学校的门口，就有棵数百年的古槐，几人合抱，我们课后经常爬上爬下。听说如今还在，不过已经围起来，视作神圣文物，不让爬了。

我又问东北院子都种什么树，朋友答：“原来好像榆树、刺槐多，要么就是梨、桃一类的果树，现在五花八门的观赏树，像枫树就多了起来。”忽然想到，姥姥就是东北皇姑屯人，那她小时候很多树也没见过吧。所以到了鲁南，一旦有了大大的院子，就种满了樱桃、核桃、石榴、月季、木槿、枣树、榆树……我出生后，就在这一季一季的繁花中慢慢长大。后来读诗遇到过一句“儿孙多在好花中”，觉得写的就是我小时候。

姥姥去世不久，姥爷退休，我随父母搬离了那个大院子。偶尔回去，发现姥爷又养了很多盆花，鸡冠，串红，小金菊，看石榴，看茄……刮风下雨，不厌其烦地搬进来，搬出去。像我现在经常做的那样。

我现在，经常也想有个大院子，种满自己喜欢的大树，花草。至少要有一棵老桂花，老石榴，老苹果，老枣树吧。适宜的地方大概在江南一带。江南养花方便，感觉都不用养，随随便便就长得很好。可当地的朋友告诉我，冬天经常下雨，还没有暖气，非常难熬。所以还在踌躇。但是那个院子的模样却越来越清晰，大概就是我小时候住过的院子的样子。

八九岁时，拍过一张全家福，记得照片上写的是祝贺姥爷“六十大寿”。忽然意识到，我现在，已经也是姥姥、姥爷带着我生活时，他们当年的年纪了。

来自草木，隐入草木。

二〇二三年十二月七日

162

帮乐乐削铅笔，削好的铅笔，习惯性往鼻子底下一放，那种木头和油漆的味道，很容易就把自己带回了一年级的时光，三十多年前的。

一年级时，用的还是土坯垒的桌椅。座位后边有个洞，老师说，上课的时候要把双手背在后面，放在洞里。高年级的男生有点不屑，说：那个洞是放屁用的。

教室里没有电灯，靠窗户透进来的阳光，也很明亮。冬天窗户进风，老师让大家从家里带塑料布来糊窗户。那时候塑料布还很稀罕。我带了一块透明度非常好的新塑料，被老师盛赞。老师还号召大家往学校里送花，我拿了一盆叶子肉质的，不知什么名字，老师养了很久。但好像一直都没长大。

第一次上课时，老师问今年是什么年，底下有小朋友回答一九七八。我全然不知。然后老师指挥大家唱歌，很多孩子都会唱，我也不会，从没学过。新鲜好奇，也有种被大部队落下的慌乱。还有次点名。老师第一次点我没听到，第二次又点，听见了，不知什么心理，不肯答应。老师明明看见我了，第三次点，盯着我看，才用很小的声音答了个“到”。

考试的时候，在露天的操场上，自己从家里带小方凳当桌子，铺一张纸在地上坐。每个孩子隔开一点距离。考完试，学生们拎着凳子排队回家。下雨的时候应该就不考试了。可好像就没在考试时候下过雨。

一年级的教室，分左右两栏，一栏大概有六排，一排坐四个——所以我一年级的同桌应该有三个。所有座位坐满的话，大概是四十多个学生，但从来没坐满过。后面一排总有座位空着。同桌里有一位小姑娘，现在想来应该是冬天感冒了，呼吸道反复感染，整天呼哧呼哧喘气，流鼻涕。我不喜欢她。还有一个小女孩，爱笑，很想和我玩，可是她的眼皮上有块小疤，别的孩子唱儿歌嘲笑她，我也跟着唱，不想跟她玩。我的好朋友有两个，经常一起写作业。一个唱歌很好听，跳舞很好看，是老师的女儿，经常表演节目。另一个胖胖的。现在想来，最小的人，也是势利的，知道分群。

数了数乐乐的笔。不算各种颜色的成盒彩笔、水彩笔、油画棒，光是写字用的铅笔，别人送的，各种渠道来的，家里攒了上百支了。从前两年开始，看见铅笔就想收，想着留着给乐乐用。其实铅笔虽然是易耗品，但上学真正用铅笔可能就是一年级、二年级，我记得我到三年级就开始用钢笔了。

我刚上学的时候，铅笔自然是够用的。没事就去供销社买根铅笔。没事家长就给两根铅笔。从没想到会缺。有一天，不知怎么，铅笔就用到最短了。用小硬草棍把铅芯顶出来一小截，还可以接着写。写着写着，铅芯断了，丢了。作业才写了一半。文具盒里一根铅笔也没有。作业就写不成了。

好像那几天，家里正有事，姥姥住院，大人都在医院陪着。也许是盖房子，都在工地上。总之，没人顾得上我。那个下午，我一个人在家，没有铅笔了，左翻右翻，写不成作业。

再后来，大人给了零钱，一口气跑到街上的供销社，买了好几支铅笔。普通铅笔两分钱一根，带橡皮头的五分。大概就是从那时候起，落下了攒铅笔的病根。

二〇一一年九月十九日初记

二〇二四年三月二十五日整理

163

小时候看电影，记得《追鱼》中，湖水咕嘟咕嘟翻滚，突然涌出一位bling bling的红衣仙女，惊艳了整个童年。同样惊艳的，还有天边一颗星星闪啊闪，一队仙女飘下来。让儿时所有夏夜的星空，都变得有所期待。

天上的星星有用吗？没。但是它美好，连同那些虚无缥缈的期待，都是夜空里所有的美好。

《小王子》这样的书，就是星星。每次读，都像遥望夜空。世上居然有这样的人，能写出这样的文字。而我居然读到了。所以曾想，如果一辈子只能写一本书，就写一本《小王子》那样的。

如果再多写一本，就是像阿加莎·克里斯蒂那样，写一些好玩的故事，让人们坐在椅子里，看得哈哈大笑，把书掉在地上。

但是都没有。假如这些年里，脑子里转过的念头，都写成文章，那一定是位旷世奇才。可是没有。很多念头旋起旋灭，自己都完全不记得了。而且残存下来的这些断章零句，也只有彼时彼地，当时情境下，才能写出来。如今时过境迁，想写也写不出。

幸好当年不曾完全偷懒，随手记下一部分。

二〇二一年八月七日初记

二〇二四年三月二十五日整理

164

看一档关于古旧家具的节目，忽然觉得一把明式圈椅眼熟至极。小时候姥爷家的一把椅子就是这个样子的。主持人讲辨别老家具的要点：包浆，积垢，磨损，陈年的黑光，椅脚的浸白……我的椅子也渐渐清晰，浮出记忆。那是姥爷经常坐的椅子，家里人叫它“太师椅”，我坐上去空空荡荡，伸长胳膊才能搭到两边的扶手，脚够不着地。地上一张矮桌是同样的形制。我出生时椅和桌就在了，然后一直在，来历从没问过，也不晓得问。六岁时，姥姥过世。

十岁时，我随父母迁到外地。十三岁，姥爷过世，旧宅易主，这些家具就都不知哪里去了。我小时候用过、见过的大部分东西，也同时不知哪里去了。回老家打听打听，也许还能找到这些东西的下落？心下一动，转念又觉可笑，都二十年了，从没回去过，哪儿找去。这些东西，该是永远散失了。电视里一位专家讲自己淘旧家具的心得，说："有的家具，好像在那里专门等着你，是有缘分的。"

而我，在生命之初和这桌这椅，厮守十年，终究无缘。

二〇〇四年初记

厮守十年，已是深缘。

二〇二四年三月二十六日补记

165

少小离家，老大偶尔回，有旧日同学热心，张罗饭局。入席，除主人外，满座皆不识。一一介绍毕，落座。邻座问："你不认识我了吗？"我摇头。对方不肯信，连问几遍。窘极。邻座亦窘，只好说：“我是××。”一个乳名。如电光石火，刹那照亮过往。我惊道：“啊，是你！我记得，你有一个弟弟，还有三个哥哥？你家打过铁。卖过烧饼？就住我家西边靠北，门朝西？我去你家玩过。”然后就停不下来了。我一直在说，他一直点头，或者摇头。

“我那时候喜欢追你们大孩子玩，可大孩子不喜欢带我们。有一次，不记得你们家谁，做蜡烛花。在火炉上烧一盆水，等水快开，往里削蜡烛片，蜡烛全化在水里。然后拿一个鸡蛋，蘸一下，取出来。晾一晾，就能从鸡蛋壳上剥下一片花瓣，粘到铁丝上。粘满五片，就是一朵小荷花。做了好几朵。最后一朵小的，给了我。鸡蛋都快烫熟了，也给我了。我吃了，溏心。我当时一路跑回家，手里护着那朵花。那朵花在我家中堂插了很长时间，后来耷拉了，落灰了。”

他笑了，说：“我小时候是做过蜡烛花，但不记得给过你。”然后他又把做蜡烛花的方法讲了一遍，一样一样的。满座皆欢。他说：“你那时候小小的，梳着小辫儿。”是，四五岁的样子。然后老同学插言，说起小学时候，红纱巾，小军帽。那些早已忘记的行头，和夏天放学后在木槿花下写作业的情形，忽然又都回来。

又想起那个大院子，说里面的雕花砖墙，墁地青砖，砌阶石板，墙角堆着的胆瓶，大石磨盘，老榆树，木槿花……邻座说：“那个院子很好，很大。你们搬走以后，我专门进去看过。墙砖都是雕花的。”我问：“现在怎么样了？”他说：“都拆了。”

意料之中，没有疼。

我说：“我知道那个大院子以前是地主家的。我听过修房子的事。还有那些老家具，雕花大床，衣帽架，太师椅，八仙桌……都是。”

他说：“是我家的。”

我看着他。

想起我的“杂花生树”。几年来的拉拉杂杂。然后，我问：“你能告诉我这个院子以前的事情吗？”

他停了下，笑了，说：“我不会告诉你的。”

二〇一六年二月二十九日初记

二〇二四年三月二十八日整理

166

为什么要写“杂花生树”？四十多年前的旧事，流光碎影，不成章节的零落片段，一个孩子的颠倒自语。又没人要看。

因为一念。

姥姥、姥爷，是我生命里最重要的两个人，重于父母。人生有记忆之初，就是他们给了我无条件的爱和呵护。我父母自然还记得他们，我也记得。可我妹妹就模糊。我弟弟没见过他们。一个人走了，并不是真正地走，至少还活在别人的记忆里。可当记得他们的人也都走了，他们是不是就彻底消失，毫无痕迹？那个洒满阳光、花荫匝地的小院，那些温言笑语，那些慈爱与咿呀，是不是也都就此湮灭？

以此一念，拉拉杂杂，断断续续，从二〇一三年开始，写了好几年。其间因事，有过几次大停顿。我会努力把它写完。虽然不知怎么才算“写完”。

姥爷刘宝林，鲁南人，年轻时闯荡天津和东北，去过奉天。姥姥张桂珍，皇姑屯人。我今年到沈阳，看到了“皇姑屯”几个字。很想找一点遗迹，但心知毫无可能。张作霖火车被炸的那个年代，姥姥家整村被夷平，全家不知下落。解放后几次托人寻找，都无消息。姥爷的外调材料，据说有一麻袋，现在也不知是否还在。关于他们，我知道的就这么多。剩下的，就是和他们一起生活的那些日子。

前年妹妹从老家回来，带给我一方姥爷的印章。爸爸让她带给我，说这个东西以后就交给我保管了。众人面前，忽然泪涌。妹妹诧异，说都过去那么多年了。这枚印章，从此随身携带。姥爷去世后，舅舅就把房子卖了。旧物流散。一个十来岁的孩子，对家产没有任何发言权。虽然那些东西，和我息息相关。如今，我终于有了一件。

临蓐前夕，卧床休养。半梦之间，房间里忽然进来两个陌生女人，刚赶走她们，姥爷进来了，笑吟吟递给我一个小包。蓦然惊醒。我已有二十年不曾梦到他们。两天后，乐乐出生。

有天逗弄孩子，忽然意识到，爱我的人，我爱的人，都不曾离开。后知后觉，石破天惊。此念犹如电光石火，让人生刹那间历历分明。

跟老人太过亲密的孩子，十来岁时，往往会受到重创。不过还好，一旦走过来，那段尘封旧事，就会炼成人生之丹，成为强大的内力来源，余生源源不断。生命之初，你们的爱，让我与众不同。即便中途转身离去，你们留给我的，亦足以支撑，不致凋零。

我今生做过的最好的事情，就是曾在两位老人跟前，做过五六岁的孩子，用一团无知无识混沌未开，慰藉了他们苍凉荒袤的晚年。以及如今，用无条件的爱，去养一个孩子。

二〇一九年九月七日初记

二〇二四年三月二十八日整理